獨語術

許琇禎——著

謹將此書獻給我親愛的父親母親

目次

湖

　　這世界有許多湖，有的大、有的小、奇形怪狀、深淺不一。她們分佈於各地，無論有沒有人需要。但是對於沙漠裡的這面湖來說，她的存在顯然是一種荒謬。這裡是戈壁，舉目所及之外的數千公里內——沒有水，而這座僅有的湖卻是苦的，因為有毒，也沒有任何生命。

　　很少有人會去想一面湖的好壞，更何況她壓根就沒被人見過。這面湖因此維持了她自己的評價——深度的美、圓融的心。然而自我向來與孤獨同義，尤其當風告訴她那些為人所拍照、研究、談論、描繪的湖時，她總忍不住要想：「在人們口中的我會是什麼樣子呢？」她其實並不確定自己是否需要人們的眼光，她並不是因為寂寞而渴望被認同。就生活來說，光是風和雲的打擾就已經使她應接不暇，更何況時間與氣候正不斷地改變她，要弄清楚自己可不容易，所以「有沒有人知道」根本就不是問題。於是，她這麼告訴自己：「我不過是因為好奇，才有這個可有可無的希望。」

　　你也許會認為上帝總是眷顧欲望少的人，不過這個道理卻沒應驗在這面湖的身上。這一天，一張紙被風吹進湖

裡，上面有密密麻麻的字，寫著：

　　本報訊：安地斯山山腳下一戶沈姓的農夫於日前拾獲一九腳怪貓。此貓色澤鮮豔，完全不是貓的毛澤，眼珠渾黑，不因光線而變化，大耳，翻唇。這隻貓的出現，立刻引起當地的騷動。以下是記者的訪談：首先，是農夫的妻子，她說：「我一見這隻貓，就知道牠一定是一隻與眾不同的母貓，那嘴唇簡直性感極了。」；其次，是農夫兩歲大的兒子說：「我媽說牠是一隻獨特的貓，那牠就是。」；農夫本人則說：「沒有人發現牠，只有『我』，就是我，發現了。」；農夫的左鄰以非常不屑的口吻說：「我早在生物圖鑑看過了，這根本不是貓，是九角獸，那是角不是腳。」；右鄰的江先生只是直搖頭，他嘆口氣說：「牠是什麼不重要，重要的是牠奇怪，奇怪必然帶來災禍。」

　　由於眾人對怪貓之認知與評論分歧，所以記者就近採訪了已經趕到現場的幾位生物學家們，以下是他們所作的評論：

　　評論一：此物之耳屬於豬科，眼睛為狗屬，毛紋為

　　　　馬種。

評論二：刪除耳、刪除眼、刪除毛，牠是貓。

評論三：這是突變，基因受環境污染而產生變化，人
　　　　類要引以為鑑。

評論四：這是雜交，經歷四代與異種雜交下的產物，
　　　　是新品種，要命名。

評論五：我認為農夫造假，這隻動物動過整型手術，
　　　　真相已無從判斷。

評論六：牠根本就是機器造的。

　　紙上的文字到此結束。湖想：「發現是不錯的，牠至
少受到關注。」

　　第二天，一隻發瘋的蝴蝶飛來，喝了一口水，然後死
在湖面上。翅膀完全張開，隨波晃動。湖從水面下望上去，
她發現：「陽光從來無法穿透死掉的翅膀。」

　　第三天，下雨，沙子全流進湖裡。她的苦味愈來愈
淡，然後她被填滿，成了沙漠。

　　十天後，世界地理探勘隊在這塊沙漠上豎立了石碑，

上面詳載他們對此地探勘的結果：

　　發現日期：九九年四月一日

　　沙質狀況：細緻，飽滿，含水，完全不像沙漠的沙。

　　成分分析：金屬性礦物質、有生物DNA反應。

　　結論：這片沙漠是地殼變動後從海中浮出，水質傾向微鹹，有生物賴以存活。另發現遠古化石結晶，狀似蝴蝶，兩棲類，當是蝴蝶之遠祖。

　　變成沙的湖看完告示後說：「發現本身真是一件值得高興的事？！」

寄居蟹

　　天空和海洋的遼闊，是個從無人質疑的真理。但是關於「遼闊」，事實和想像的距離就有了爭議。

　　這隻寄居蟹住在海邊，他是隻會思考的寄居蟹，而且特別的是，他思索「遼闊」這個問題。對寄居蟹來說，「遼闊」其實是個完全不需要存在的概念。他們最重視的事，是理解生活中可以掌握和承擔的部份，並且迅速作出背負或丟棄的決定，以確保終生平衡無虞。至於那些所謂巨大、無窮或是遼闊的東西，不但與生活毫無關聯，而且就寄居蟹的微觀立場來說，也實在無法丈量。

　　不過願意思考畢竟是一種突破，總是能夠得到些什麼才對。

　　果然，思考形成了知識。要解決「遼闊」這個問題，得先找到適當的度量衡才行。這隻寄居蟹經由長期的觀察和統計，總算有了收穫。他將每隻寄居蟹（必需背著家的才算）於每次湧浪退盡之前所行走的距離訂為「一進」；同一時間內，因方向錯誤，導致回到原點或只在原地打轉的距離叫作「一退」；並且把那些還在為找家而盲目奔走的部份排

除。因為他發現，任何盲目的奔走，無論耗時多久都不具有進退的功能。所以他有權相信，這將是族群滅絕的最大隱憂。當然，訂定這樣的標準有相當的籠統性，而且常有似進非進、似退非退等外於衡量標準的情形發生。不過有標準總比沒有要方便多了。他開始測量沙灘上的岩石、水窪，甚至花了十個潮汐，量出了沙灘的範圍。這些數據使他建立了一項偉大的理論：即一隻寄居蟹一生的活動範圍，不可以逾越「萬進」之數，若是走入萬進以外的地區，其危險是高於沒有家的屏障的。縝密的思考，使「萬進」這個極限進而成為「遼闊」的定義。遼闊從此不但有了真正的範圍，而且具備了危險的暗示。

　　許多日子過去了，「萬進理論」因一些寄居蟹的失蹤或死亡而得到證實。大家開始謹慎的學習進退，並恪守萬進以內才能遼闊的戒律。信仰創造了權威，這隻思考的寄居蟹得到應有的尊崇，大家則得到安全，世界沒有比這還公平的了。

　　思考果然是一件好事。

　　但是，別忘了，好事往往不能恆遠。

　　族群的危機來自內部，尤其是那些新生代。這一天，一隻才換了一次殼的傢伙，出現在思考者的沙堆附近。思考者正陷於沙灘到雲端需要多少遼闊的思考困境中。「明明早上量的時候是五，現在又成了七，一定得找個平均數才行。」尋求真理的決心，使他的臉因專注而無比凝重。要不是這個年輕小伙子太離譜，老實說，思考者是無暇一顧的。

　　你看，這年輕人做了什麼！他把家放在沙堆上，一個人東跑西走，還一副快樂無比的樣子。要注意，他，竟然沒把保命的家背在身上。

　　「你這個傢伙不要命了嗎？」思考者幾乎是咆哮的說。

　　「你沒看見我正活的極好嗎！」年輕人有些不屑的回應了一句。

　　「把身體暴露在毫無遮蔽的空間裡，你知道會招致多少危險？」

　　「我們換殼的時候不也要面對這種危險？更何況即使背著家，也免除不了被尖嘴鳥吃掉的可能。」

「你不應該因為危機永遠存在，就漠視保護措施的必須。」

「我並沒有漠視，我只是覺得不應該為了持續這種保護，反而造成負擔。」

「你說負擔是什麼意思？」

「我們為了得到家的保護，走不遠、跑不快，連自由都失去了，這難道不是負擔嗎？」

「我不同意你的說法。每個人的家，是由他的需要和能力決定的。除非他高估自己或貪得無厭，否則是不會形成負擔的。更何況家跟著人走，怎麼會不自由。」思考者嚴正的加以駁斥。

「一定要背著，就是不自由。而且背著殼就不可能到岩縫裡看看，這也是不自由。」

「你必需知道：沒有任何一件事不需要付出代價。為什麼一定要到岩縫裡去呢？就算進得了岩縫，也還存在著許多不能去的地方。」

「我不能只是為了好奇而去岩縫看看嗎？難道任何事

都得有目的才行？」

　　「如果沒有危險的話，好奇是無妨的。否則你就應該先權衡得失。」

　　「沒人去過，怎麼知道危不危險？怎麼權衡？」

　　「未知和超過經驗範疇的東西，都是危險的。這就如萬進以外的地區是危險的道理一樣，無庸置疑。」

　　「事實上，我到過萬進以外的地方去。」

　　思考者的臉色現在除了驚訝外，還多了一層忿忿的緋紅。

　　「一定是進退算錯了。不可能有人超越萬進還能夠活著回來。」

　　「不會錯。我們一大群人一起去的。有的人步子大、有的步子小，不過全都超過了萬進，而且爬上了那些灰白的水泥地。順便告訴你，在水泥地上跑，要比沙堆上容易多了。」年輕人更得意了。

　　「你們如果不是走錯方向就是運氣好，要知道我的理論是經過證實的。何況就算水泥地上可以跑的更快，你們也

找不到食物，所以我才說那裡危險。」

　　「沒有食物的危險固然存在，但是那裡長嘴鳥幾乎不去，這不就比這兒安全多了！而且你說我們方向不對實在太荒謬了。難道你見過只走一定方向的寄居蟹嗎？」

　　思考者有點絕望了，當新生代不再懂得自我保護，而試圖盲目的挑戰危險時，這個族群能不快速滅絕嗎？雖然能力有限，他還是想做點努力。

　　「我問你，你現在的生活形態難道不是得自於族群的特性和先人的經驗嗎？你根本無法推翻這些。」

　　「推翻是不可能，但是有些創造和改變倒是沒什麼不可以。」

　　「是嗎？你何不舉些例子。」

　　「就好比我把家放在那兒，自己光著身子四處跑，既可以休息、又能到岩縫裡看看。就算遇著危險，也來得及跑回家。」

　　「可見你還是需要家的。而且你忽略了一點：當「家」被置放於定點時，你就被它牽制了。」

「我沒說不需要家,我只是不覺得『時時』需要罷了。不過你說我把家放定了,就開始被它牽制,倒有些道理。你先別得意,如果我為自己帶來牽制是一種不合理,你用萬進來測定遼闊不也一樣嗎?」

天下最難的事,莫過於挑戰既有的真理,不過這個小伙子有勇氣、有慧根,這使得思考者有些動搖了。

「看樣子你有更好的辦法。你倒說說,不用萬進要用什麼?」

「我認為去測量遼闊根本就是無意義的。因為只有與生活有關的東西才需要測量。」

「遼闊與生活無關嗎?」

「對,遼闊與生命有關,但是與生活無關。就像好奇與生命有關,而危險只屬於生活。」

思考者想反駁,卻說不出什麼。只好這勉強的作了結論:

「沒有生活是不能證明生命存在的。你以後一定會懂。」

　　這天的夕陽雖然還是和往常一樣紅豔，但是沙灘變的有些不一樣了。

　　思考終究只會是苦惱和挫折，還是讓事實來說話吧！

　　為了開發真理，思考者離開了長住的沙堆，背著家，這次他打算以親身經歷來建立新的理論。漫長的路途中，他偶爾也會放下家，光著身子跑一跑。老實說，那種完全伸展的滋味，還真是蜷曲在屋裡所無法體會的。年輕人雖然錯處不少，但是必須承認他們有創造享樂的天份。

　　大概過了兩天吧！思考者在接近萬進的地方，見到了一個熟悉的殼。錯不了，就是那個年輕人的。殼裡堆滿了沙，依經驗判斷，顯然已許久無人居住了。「他應該還沒長大到需要換殼的時候。難道……看來冒險終究不宜。思考者立刻決定返回沙堆，而且除非萬不得已，終生不再離開他的殼。

　　天空和海洋的遼闊依舊，甚至更遼闊了。當思考者因記錄別人的經驗而成為大師，並仍然享有尊榮時。海灘的另一邊，那個被認為早已死掉的年輕人，正把他嶄新的花殼端

放在岩石上。這次他發現衝浪要比岩縫有趣多了。你如果還
想追究他把舊殼丟掉的原因？他會這樣告訴你：兩個都一樣
合適，為什麼不選漂亮一點的呢！

雞排男孩的甜甜圈

（雞排男孩事件簿Part1）

　　雞排男孩是一個普通的大學生，他的長相普通，穿著普通，翹課率和成績也普通，而且他還有一個非常普通的女朋友。雞排男孩的家境普通，所以他和普通的大學生一樣，就算不真的缺錢也要去打工兼家教打電動和上網。雞排男孩最大的困擾就是他的家很不幸地就在他所唸的學校附近，這使得他必需和爸媽弟妹住在一起，而尤其糟糕的是他已婚的姑姑住在隔壁，沒嫁人的阿姨住在他家的樓上，所以他的大學生活仍和他小學中學的日子一樣，充滿著親人的關注。

　　當然，雞排男孩既然是一個普通的大學生，他自然會知道怎麼用打工社團和課業來解釋日夜顛倒又常常變動矛盾的學校schedule。所以當他沒有打工不想上課又無處可去的時候（約佔每天的十五小時），他總是窩在他那位普通的女朋友租屋裡睡覺和上網。如果說雞排男孩大學生活裡有**可能**真正在乎的事，那就是他覺得他很愛他的女朋友。舉例來

說，老爸常常叨唸要他準備考研究所或想想畢業出路，或老媽要他教弟妹功課這些事，他通常都可以立刻在聽到的同時忘記，但是只要是他那位非常普通的女朋友提到的事，他一定牢記而且立刻做到。因此，雞排男孩最自負的就是他罩的住一切——在他的女朋友面前，而且他的女朋友也絕對不會問他以後要幹什麼這種無聊的問題。

　　雞排男孩大四這一年發生了一件他生命中大事，那就是日本著名的甜甜圈專賣店Donut在天母開幕。他那位普通的女朋友用絕對普通的流行敏銳度向雞排男孩說：「你如果愛我，就買Donut給我」。雞排男孩隔天一早便在四個鬧鐘聲裡醒來，他騎上他那台不怎麼炫的摩托車向天母奔馳的時候，頗有堂吉軻德向風車巨人衝去的架勢，不過當然雞排男孩壓根沒聽過堂吉軻德，他披星戴月（作者注一：這句成語純粹是作者為了賣弄國文程度而寫，雞排男孩完全不可能知道這四個字的意思）來到Donut門口時是清晨三點十分，已經有二十幾個人在排隊了。雞排男孩站在寒風中，想起自己為女朋友所做的奉獻犧牲便熱淚盈眶。

　　當雞排男孩堅苦卓絕（同前注）地在數百人的隊伍中等待甜甜圈的時候，他的老爸和他的阿姨在電視新聞裡看到了民眾排隊搶購甜甜圈的消息。他的老爸一邊把燒餅油條往嘴裡塞，一邊跟他的小姨子說：「這些年輕人是不是沒事幹，我如果有這樣的兒子，就把他揍死算了。」（作者注：雞排男孩的老爸是四年級後段班的學生），她的小姨子則一邊把三明治塞進嘴裡一邊說：「真的有這麼好吃嗎？應該叫你兒子買回來給我們嚐嚐。」（作者注：雞排的阿姨是六年級前段班的學生）。

　　就在新聞記者打算訪問排隊民眾的時候，雞排男孩家的電視已經關掉，老爸和阿姨出門上班去了。排在第二十幾順位的雞排男孩在Donut九點開幕後的兩個小時總算輪到了他，但是因為前面的人幾乎一次購買百個甜甜圈，所以到雞排的時候，甜甜圈已經賣光了。雞排男孩完全無法相信他今天要在女朋友面前展露雄風的機會竟然就如此破滅，所以他雖然還沒當過兵，卻立刻以視死如歸（同第一注）的精神立刻就地絕食抗議。而且他的行動很快獲得隊伍中許多大學生

的響應，他們紛紛席地而坐，並且拿起手機向各自的女朋友報告此一人神共憤（同第一注）的消息，並打算死守店門口直到買到甜甜圈為止。

　　夜線新聞播報雞排男孩等人徹夜排隊買甜甜圈的消息時，雞排的老爸從螢幕上看到雞排發表的三不宣言，即「不退讓、不甘心、不能不花這個錢」的時候，就氣的中風送到醫院去了。雞排的阿姨不得不前往天母Donut去找雞排。

　　雞排的阿姨被計程車司機夜間加成計費後，花了七百多塊錢終於來到Donut門口，她遠遠地就一面叫著雞排的學名，一面罵他不長進。這時雞排正在不斷的打手機找他的女朋友，要他的女朋友把他上新聞的畫面錄下來，所以他壓根沒聽見他阿姨的吼聲。

　　就在雞排阿姨即將聲嘶力竭之際，雞排正好聽到阿姨罵的最後一句話：「你這樣沒出息以後能幹什麼？」於是雞排就反射動作地以嚴肅又理直氣壯的口吻說──「賣雞排啊」。

　　雞排阿姨不敢置信地跌坐在地上，在使盡最後一絲力

氣前再問了一次：「你說你要做什麼？」

「賣雞排」「賣雞排」「賣雞排」……所有隊伍中的大學生異口同聲、不假思索的回答，像是古希臘悲劇中的大合唱，在天空迴盪著「賣雞排」的聲音，從Donut傳到日本偶像演唱會售票口、韓星來台的機場接機處以及各個大學校園的學生宿舍。

雞排男孩最終沒有看到自己上電視的鏡頭，因為他那位普通的女朋友從來不看綜藝與偶像劇以外的節目，而且當雞排男孩把甜甜圈拿給她吃的時候，她已經從其他的雞排男孩處吃到各種口味的Donut甜甜圈。雞排男孩因為女朋友並沒有流露出感動的神情而決定把這個普通的女朋友甩了，當然，這位普通的女朋友早就和另一位雞排男孩交往中。雞排男孩普通的大學生活即將結束，一天，他想起好久沒吃雞排了，便到雞排連鎖店買了一塊，他一面咬著酥香的雞排一邊想「既然不想當兵，就先去考研究所吧！然後再去賣雞排。」

羅 盤

　　荒野中，一個被旅人遺落的羅盤靜靜的躺著。光潔的鏡面雖然掩上些微塵土，指針卻毫髮無傷的指著南方，等待人隨意讀取。嚴格說來，羅盤是個無可挑剔的老實人，它不但從不懷疑自己所應該做的事，而且總是能擺脫萬般的阻礙，全力職守著一定的方向。由於這種無私的忠實，羅盤有權相信：自己所提供的判讀，是一種有益而無害的必要。

　　那麼，究竟是誰需要判讀方向呢？荒野中的鳥獸，無論是追逐覓食、或返回窩巢，似乎無須經由判讀，方向已隱然存在。在大自然中，羅盤的存在價值顯然受到了嚴苛的挑戰，但是一個不奢求的人總能保有它謹慎的希望，它想：總會有人需要指引。

　　天空雖然是種虛幻的存在，但是羅盤並不清楚。因此如果去掉雲朵、拋開光影及過路的雁鷹，你將很難否認它的固定不變和羅盤有何不同。仰對著一望無際的天空，羅盤在覓得知音的歡喜之餘，決心為飄忽無定的雲朵，確立她們的方向。

　　一如許多無意識的游走，雲朵也是如此。她們看起來

總是漫不經心、走走停停、忽東忽西，方向的錯亂，代表目的的模糊，就羅盤的生命邏輯看來，這無疑是一種最大的危機，於是它儘可能的給飄過的每一朵雲最好的建議。例如它會鼓勵雲跟著前一朵的方向前進，理由是前人走過的路比較安全又不費力，而且羅盤的思考向來顧及現實的需求，因為需求才是方向的唯一指標。

　　這天，它一如往常，正苦口婆心的勸一朵停滯不動的白雲往南邊走。白雲只是無動於衷的聽著。

　　「你如果不趕緊走，你將會落後前面那朵藍白色的雲更多哦！」羅盤說。

　　「我又不一定和他走一樣的路，哪來的落後呢？」白雲回答道。

　　「這表示你到現在連方向都還沒確定，停滯的本身就是一種落後。」羅盤有些焦急了。

　　「你的意思是，只要行動就不算落後嘍？」雲問道。

　　「行動只表示不落後，卻不代表進步。只有在正確方向的行動才能帶來進步。」

「方向如何確立呢？」

「依照現實的需求。」

「如果我的能力、意願正好和現實的需求不符呢？」

「你必須尊重現實，它至少比較安全。」

「你反對我往非現實需求的方向行進？」雲朵不以為然地說。

「是的，漠視現實就很難存活。」

「可是，我不曾見到始終在一個方向行進的東西啊！」

「那正是因為現實的改變，所以需要修改。」

「你如何判斷方向的正確性？」

「就我目前所見。」羅盤以堅決的眼神來確定自己的看法。

「也就是說，你要我確立的方向只是階段性、暫時性的？」

「可以這麼說。」

「既然如此，每一種方向都可能有正確的時候。」

「那得看選擇的人多不多，因為人數是決定現實的指標。」羅盤從來不相信個體有什麼力量可言。

「你為什麼要我往南？」

「現在是冬季，北風正盛，藉風使力，你的斬獲可想而知。」

「你知道我到南方後會發生什麼事情嗎？」

「你會得到同伴並獲得認同。」羅盤興奮的說。

「也會化成雨而死亡。」雲說出了真相。

「這種機率很小。比起和風對抗的危險，那是微不足道的。」

「風可以改變我的形貌，卻無法使我死亡。但一群彼此競奪的雲，卻可以將我立即消滅。」

「你的說法違反了團結就是力量的真理。」羅盤顯得激動起來。

「相同是一種併吞的過程。就像固定一種正確方向一樣。雖然它看起來比較省力。」雲說。

「我不認為盲目的游走能成就什麼？」

「游走未必是盲目的。就像停滯不一定是落後一樣。他們只是不刻意去分辨方向的正確與否罷了。」

「游走和停滯對人生有何意義？」

「游走和停滯也是人生的兩種方向，那就是『離開』和『回歸』。」

「離開和回歸根本不是方向。天啊！你連東西南北都不知道嗎？」羅盤簡直是生氣了。

「你看一個人無論是往東往西或往南往北，不都只是離開又回歸嗎？」雲仍然悠閒的回答。

「離開和回歸如果是人生的方向，就不可能沒有目的。它們的目的是什麼？」

「你能說出往東西南北的目的嗎？」雲反問羅盤。

「那些地方有好處。」羅盤說。

「可見好處不在同一個方向才有。而且離開和回歸也正是因為有好處才存在。」

「什麼好處？」

「自由開創。」

「不知道方向，怎麼開創？」

「知道自己，就能開創。」

「訂定方向難道沒有用處？」

「不知道自己，即使再能分辨方向也是無用。」

雲剛說完，一陣強風將她帶往南方去了。羅盤滿意的看著雲朵遠去的身影，喃喃的說：「沒有人能抗拒現實的力量。」

一年後，在同一個地點稍遠處，羅盤仍靜靜的躺著。身上印滿了獸跡鳥爪。

一朵粉紫色的雲從羅盤所指的西方飄來，不知何故？就停佇在羅盤的面前。

「你還記得我嗎？」雲說。

「我們認識嗎？」羅盤努力的回想著。

「一年前，你不是勸我往南方去嗎？」

「果真被我說中了，你現在不但大多了，而且一看就知道很有成就。」羅盤想起了自己的正確判斷，心裡有說不出的得意。

　　「我並沒到南方去。你要知道風不常向一個方向吹，雲也不見得都跟著風走。」雲作了澄清。

　　「可是我明明看到妳往南方去嘍！」

　　「沒多久我就轉身了，而且還停了一會呢！」

　　「你最後一定確立了方向，對吧！」羅盤的語氣有點遲疑。

　　「我就是四處游走，有時候順著風，有時候避著風，大部份的時候都是逆著風走的。」

　　「不管怎樣，妳免不了要順著風。」羅盤恢復了自信。

　　「也許吧！不過我停下來是要告訴你一件事，你的指針壞了。你現在指的西方，我剛從那兒來，那邊其實是北極星的位置。」

　　雲朵又飄走了。天空還是如此虛幻，不過你最好明白，有些事還是不去分辨的好。

莊 家 的 餐 桌

　　莊懂先生有一個老婆和三個小孩。老婆本姓賈，當年嫁給他的原因是不想繼續被人家叫做賈小姐，雖然當了莊太太也好不到哪裡去，不過女人家最忌諱被人說是假的，不論指的是身材還是其他。莊懂的三個兒子全在唸大學，從好的一方面來說，莊懂的教育成功，全家都是知識分子，從壞的一面來說，莊懂家的開銷實在驚人，雖然莊懂不用擔心兒子會像女兒一樣成了賠錢貨，可是光是三個兒子搞出來的遮羞費也非常驚人。

　　莊懂家的財政赤字最先是由莊太太的治裝費裡顯示出來的，從賈小姐到莊太太，唯一不可變的就是衣服一定要是貨真價實的名牌貨，要不裝啊假的還去用仿冒，那可就真成了人家的笑柄。莊太太嚴謹持家犧牲奉獻，就只有這點是誓死捍衛的。於是莊家為此開了一次家庭會議，選的就是晚餐的時候。

　　三個大學生難得同時坐在餐桌上，莊太太今兒個給大家加了菜所以還在廚房裡忙，莊懂這就先說了要旨。他說：「兒子們！你們知道老爸我是最最開通的人啦！向來尊重你

們的意思，處處為你們著想。今天這會就是要你們想個辦法，共體時艱，咱家的收入是月不敷出，已經動到了你們老媽的治裝費上了，所以大家如果還想在這餐桌上有飯吃，就得想想辦法。」

學古文的大兒子莊古斜斜瞥了旁邊坐沒坐相的老二，慢條斯理端足了大哥的架子說：「照理誰的開銷大，誰就得減的多。我讀古文是祖宗們的學問，最不花錢又最要緊，也沒買什麼閒書，對家裡的經濟貢獻已經很大了，更何況我既身為長子，原本就比弟弟們多扛了一份責任，說什麼也不該減我的零用。」學白話文的老二莊洋立時挺直了背脊，把煙頭在煙灰缸裡使盡地扭了扭說：「咱學白話文的可一點都不輕鬆，算算看不只要讀漢字還得讀洋文，論難處可一點都不比古文少，書雖然買的多，可本本都唸，不像老大明擺著幾本精裝的字書，專門用來撈灰塵用。」

莊懂眼見兩個兒子誰也不讓，心裡也直冒火，不過他為了保有開明的頭銜，只得硬按下想各給兩巴掌的手，轉頭問那個正忙著啃雞翅膀的老三莊傻。

　　學教育的莊傻是最得莊家二老歡心的，莊傻小時候不知是跟誰學了變臉的絕活，打從他進學校唸書起，就沒人見過他真正的長相。此時他用手揩了揩嘴角的肉屑，先朝爸爸哥哥鞠了個躬，然後笑嘻嘻的說：「咱什麼都學什麼都會，不過你們說的咱都不懂，但凡咱不懂就不重要。」

　　莊懂這下也沒了轍，所幸莊太太端著今晚的大菜佛跳牆出來了。莊太太一坐下來，就開宗明義的說：「今兒這頓飯算是給你們補償補償，打明兒起每個人的零用都減一半，就這樣定了。」話才說完，莊古第一個不服氣，他手背在身後原地直轉圈圈，既不敢直接違背古訓頂撞他的娘，只好嘴裡直唸著：「世風日下，人心不古，哀哉痛哉我的零用。」一旁的莊洋拿出和學校老師擺龍門鎮的氣勢，直接對著他的老媽說：「你獨裁，你不分青紅皂白，為啥我要和那個搞大別人的肚子就縮起頭的老大拿一樣的零用？咱跟咱女友光明正大同居，也沒給家裡長開銷，咱女人還到處兼家教賺錢，說什麼也比那個窩囊廢強。」

　　莊太太在還是賈小姐的時候，還會為了形象輕聲細語

的說話，但自從成了莊太太後，除非在人前，否則她一貫的是晚娘臉金錢豹，誰要想改她的決定，那真是連什麼都沒有。於是就在莊太太要使出殺手鐧的時候，莊懂說話了：

「咱是最最開明的老爸，既然大家對一起減零用沒法兒服氣，那這樣，咱就讓你們三個交出個心得報告，誰要寫的好，零用就減的少。」

三小時後，在同一個餐桌上莊古交出了他的心得報告：「減，損也，從水咸聲。動詞。零，徐雨也，從雨令聲。名詞。用，可施行也，從卜中，衛宏說凡用之屬皆從用。動詞。減零用者即損徐雨可施行也。採替代修辭法言之。」莊洋的心得報告是：「零用錢雖然不是生活費，但是從後設的立場來看它卻提供了人在維生之外更重要的精神消費，所以除非是殖民主義剝削，零用錢是萬萬不可減的。」老三莊傻是最後一個交的，他寫的是：「爸爸說的對，媽媽說的好，哥哥們都沒有錯，我都懂得但是我不知道。爸媽萬歲，教育千歲。」

莊懂實在不知道這三個兒子寫的是什麼東西，但是既

然他們的老師都這樣教，想必這也就是重要的學問。不過他和莊太太討論後，還是一致認為莊傻寫的最好，莊古再怎麼樣也還吊了書袋，只有這莊洋什麼精神精神個沒完，壓根就沒見出他學了什麼。於是零用錢最後做了這樣的調整：莊傻在原有之上再加一倍，莊古減去原有一半，莊洋則全數取消，讓他和他的女友去自立自強。這樣加加減減，總算多了一點錢可以補莊太太的治裝費，雖然還是不太夠，但既然還有兩個有出息的兒子可以寄予厚望，講求投資報酬率的莊家二老，這回也就沒有異議，安然渡過一次經濟危機。

　　不過，沒多久莊傻就搞上了一個黑妞一個白妞和一個黃妞。付不出遮羞費的莊家餐桌，現在就像聯合國一樣，莊古繼續一邊唸著聖賢古訓一邊偷看黃色書刊，莊傻持續夜不歸營來充實餐桌上的國籍，而照理說當莊家應該絕對不會輸錢的莊家二老，太太的名牌卻全進了二手衣商店，莊先生則再也沒有機會用中文在餐桌上說他有多麼開明了。

想 像 一 個 冬 夜

雪國據說正經歷短暫的陽光，在夏日的清涼緯度。

我於是改變行程，隨著碧頃之浪來到永日的極地。破冰機嘶吼的聲音有種陌生空氣的味道，沒有人，沒有樹，沒有可依戀又遺忘的一切，我遂想起你，冬夜的南方，沒有雪的另一種寒冷，卻溫暖的在極地裡綻放。

破冰船不耐地按著嗚嗚的氣笛，那順道捕獲的保育鯨豚橫陳在艙底的冷凍庫，離極地的冰寒已遠，不能留下也無法離開的我，這永晝的冬日，夜總不來。你說：也好，讓我們等等吧！可冬夜南方的你的窗前，水漬濕透的木框上，有串銹蝕的風鈴，極地的風吹的緊，聽著聽著，還是沒有南國的回音。我得想清楚些，極地一趟，並不容易。

不要追問旅程的目的，你簽發的離境護照裡極地不過是一片冰洋，北風息止寒光徜徉。可極地並非雪國，沒有春櫻的綻放。在永晝的光影裡，我於是見到孤獨與完整，企慕與絕望的寒涼。

地圖是破冰船留下的，高懸桅桿並沒有交代鯨豚的去處，極地不是海洋，見不到冰山的表情，融解自然不是件值

得高興的事，極地深知這個道理，所以我來，在冰原冒充一座冰山，意圖震驚這個世界，用我以為來自你的溫暖。

　　然而一切如此不同，雪國的冬夜，還有燈光和墨黑的天空，還有手，摀著臉頰把清酒塗成嫣紅。極地永晝的夜晚，腕錶已經敲了十二下，日不落的雙眼，這才看見溫暖的南方，你在冬夜的一瓶紹興酒裡，把我遺忘。

　　無際的冰原，標示著雪國與南方的過去，我從清晨開始，極地的永晝在南方的冬雨裡揭開序幕。因為是南方，所以你穿著長袖襯衫，搭掛著灰色西裝的左肩，被雨水沾濕的一角，無視皮靴的泥濘，這並非鄉間，只是冬日淫雨的清晨，天空灰黑如夜，沒有火爐的白色房間，你整整齊齊堆疊著一封封未拆的信件，雪國的冬雪逐漸滲漏，濕透了桃木地板。吊衣架上女大衣在幽暗的室內，泛起你熟悉的味道，極地的清晨，我無法想像，愛情一旦不再新鮮，陳舊即使並不破落的大衣在房間的一角，會不會有極地清晰的味道。

　　而雪國的午後，雪還在飄著，不是夜晚的冬日，依舊

沒有陽光。霧氣模糊的車窗裡，你專注著路面，透過照後鏡看著沈沈入睡的一雙兒女，一個完美的世界，冰雪在暖氣鬱蒸裡化為淚珠，雪女就在不遠處，隔著玻璃被放逐到記憶不能及的地方。所以，我想像一個陳舊的愛情事件，只要有了車窗玻璃，就可以繼續下去，在電力驅動的暖氣房，雪國飄飄的風雪，仍是勇氣不可想像的地方。

　　於是，我沒有選擇的來到極地，在等待你同意的漫長永日裡，知覺到遺忘並不只是可能。極地的夜晚，也有著永冬的預示。南方冬夜的陽台上，都市的霓紅閃閃爍爍，為勾勒流浪的苦楚與家居的從容，你落地窗前啜飲烏龍的嘴角揚起，也許久一些，你會走到書桌前，批示我離境的申請。但是，在想起這一切之前，有召喚的聲音傳來，擱在桌角的烏龍還是冷了，在下一次喝它之前，你一定會倒掉它，直到冬夜才有的寒氣驅你入被窩中，窗外電線桿上的拒絕背書到不了極地。

　　破冰船會再回來嗎？

　　旅程的終點該在極地，如果雪國繼續熱下去。

　　夜行者風衣飄飄的褲腳，墜著雪，冬夜南方因而有點涼。冰雪博覽會的製冰機噴著無數雪花，鋪一層薄薄的寒意，羽絨凝成的冰珠在沒有極光的南方，照明燈一如日光，在你誤以為是極地的白色黑夜裡，極地的永晝，遂成為我無法離去的理由。

　　留在極地也好。

　　其實極地也有風光，尤其在冬夜，名之為永晝的夜晚，我總是往最冷的中心點走去，在凝望冰山的稜角裡，看見你在雪國冬夜沙發椅前的落地窗一哂。我果然是個路痴，那雖是你心所在的地方，你卻不在那裡。所以我想你一定又猜錯了，這並不是一次人生無可免除的逃避，極地不是一個收容心碎的地方，我無法帶著餘溫進入，冰是很頑固的，和雪不一樣。

　　極地是冰原永遠的想望，無論睡著醒著，只要決定了，就永遠了。你書桌上馬克杯的海，沒有動不是嗎？極地就像這樣，只要放棄對抗，寒冷自然成為我的一部分，而剩下的部分，只要不是熱的，就沒什麼關係。你的航程始終在

南方，南國溫暖的冬夜，有嬌豔的粉彩、呶呶的嘟嚷妝點高粱的醉意與醇香。

我們曾在的雪國如此冰涼，它理當飄著雪，墜有松林山巒和屋簷的形狀，那雪飄飄無聲，滴雷在你的帽沿。一點都不冷，如果你說：我們早點認識，就可以汲一瓢冰凝的弱水，抵南國的炙陽。但是，冬夜，在雪國不再的厚重棉絨裡，我微涼的雙手，早被你踩過雪地的皮靴，融成一灘污水，留在南方。於是我知道，雪國的雪再怎麼早下，還是會停的。

新店溪的夕陽，梵谷黃座落在城市的邊緣，好多好多年前，溪水流淌穿過的乾涸盆地，造一方綠洲，隱退、沈寂。不要猜想旅程與極地的關係，這飄動冷凝的世界，因為永晝，我因此不必擔心，在夕陽墜落的瞬間，失去你的蹤影。也許雪國的雪已融而南方的熱正盛，我不耐的混亂在極地，這空氣裡飄動而來的靜止世界，並沒有過去和未來，我因而必須問你：追逐心的旅程，何以歇止於永凍的世界？

南國的夜，終化冬為一種想像。鵝毛筆架放的藍色墨

瓶，公文紙上制式的紅條格上，你一揮而就的簽名旁，沒有
准予我回鄉的話語。而極地永晝無夜的睡眠，與我踟躕於冰
原上的足印，這一次不在雪國，留下的將無法輕易抹去。

城 堡

　　在我們的印象中，沒有公主被囚禁的城堡，王子就變得沒什麼重要。因此不想被拘禁的公主幾乎沒有，而不夠險峻的城堡也不受王子青睞。如果你不反對我的說法，那麼我下面所要講的這件真實的事，你大概會覺得驚訝。

　　這座城堡據說從中世紀就已經存在了，但是你乍看之下，可能很難相信它是一座城堡。它沒有廣大的腹地和精雕細琢、數以百計的宮殿迴廊。只除了貼地的兩層各有兩個房間外，整棟建築是以無用的尖塔高聳入雲為特色的。如果你不從近處看它，大概會誤認為是一座山或柱子之類，但它確確實實是一座城堡。而且，它特別之處還不止於此，這座枯燥寒酸的城堡建築既不能引人注目，王室十數代以來也沒有公主誕生，這使得藉婚姻關係攀附領主、擴大版圖的希望就完全落空了。實際上，王室的供養主要依賴城堡內外的幾戶農家，在僅有的空地上耕作。而王子妃的人選，則就近自農戶的女兒中挑選，或託過路的旅人代尋。因此，你如果有機會經過這裡，必然會見到一些農夫、農婦進出城堡，他們之中有百分之九十，是王室的成員。

　　也許是上帝開始眷顧這座乏人問津的城堡吧！這年春天，皇后生了一位公主。公主的長相對這個城堡的人來說雖然相當失望，但是她的聰明卻令人讚賞。公主和這些無尊卑的親族生活在一起，不知不覺地過了三十年。照理說，公主的婚事早該有所決定，可惜國王與皇后在十五年前去世，而親族間又無可以通婚的對象，因此大家自然而然地把這件事給忘了。

　　要形容公主是什麼樣的人實在很難。不過她喜歡種花，尤其對葛藤類最為偏好。她從六歲起，便以她獨有的關注，在城堡的四周種植。三十歲那年，所有的藤蔓幾乎覆蓋了整座城堡，只除了尖塔頂端的窗口。公主常上塔頂，眺望是她生活中非常重要的一部分。每當她從窗口望向遠方，遼闊的世界總能令她感動莫名，雖然相當孤單，但她的眺望從來沒有被拯救的期盼。

　　受藤蔓保護的城堡，開始變得神秘，這自然要引起鄰國王子的重視。他們派遣僕從前往城堡了解狀況，以便適時以拯救展現價值。

　　第一天，二十歲其貌不揚的東國王子得到的消息是：「城堡全由鑽石打造，公主自然是美的，國王生前怕人奪取，所以以藤蔓掩蔽。」

　　第二天，三十歲英俊瀟灑的西國王子則聽說：「公主極美，正被巫術囚禁於高塔。」

　　第三天，四十歲不受百姓愛戴的南國王子也獲悉：「公主受了魔法咒詛，故而貌甚不美。」

　　第四天，五十歲家財萬貫的北國王子，則卜得一個神喻說：「你如想結婚，她是你最後的機會」

　　第五天，四位王子齊聚城堡之下。東國王子說：「英雄出少年，自古美女配英雄，我正年輕，未來無可限量」。西國王子說：「我與公主年齡相仿、家世相當，我是公主所等待的人。」南國王子說：「我沉穩內斂，事業有成，巔峰如我，無所不能。」北國王子說：「我精明老練，熟諳人生，可護持給予一切。」對於愛情，不管是幾歲的人都無拱手相讓之理，更何況事關王子們的顏面，豈有不爭之理。他們唯一的共識只在於：擄獲公主是目的、尖塔是試鍊、藤蔓

是敵人。

　於是──

　東國王子立即躍上藤蔓，英勇的斬斷密密糾葛的莖葉。他不斷攀爬，不斷揮劍，一小時後，所賴以攀爬的藤蔓空了起來。他隨即又重又快的摔下地。

　西國王子也跳上藤蔓，他以手撥擋，慢慢攀爬，不斷在莖葉中迷路，又不斷重新開始。

　南國王子繞著城堡走了一圈，決定以人工架設天梯直達塔頂。他於是立刻返國召集工匠。

　北國王子也繞著城堡走，他從各個角度估量：與藤蔓對抗的損失能否平衡獲得公主的實際效用。

　四國王子都在努力並盤算著。黃昏時，西國王子首先爬上塔頂，當他發現公主真的一點都不美時，就頭也不回的走了。東國王子在攀爬過程中，見到路過的許多年輕美貌女子，便立即忘了公主，跟著各式美貌的女子走了。南國王子的天梯還在規劃設計圖階段。北國王子則因為遲遲無法確定是否划算，就在牆邊打起瞌睡來。

　　隔天，當公主走出城堡，看到心愛的葛藤早已斷落一地，就傷痛的倚在牆邊。一個年輕旅人在城堡前下馬，他端詳著零落但仍然鮮綠的藤蔓，一語不發地重新栽種。他自始自終沒有注意到城堡斑駁的牆面與公主衰老的容顏，只那雙在流浪途中磨得粗黑的手在敗毀的藤蔓縫隙裡另外添灑下適合城堡土地的花種。

　　此後，尖塔的頂端還是只有公主在眺望。沒有足夠藤蔓遮蔽的城堡其實與農家的水車作坊再也沒有什麼不同。你一定想問我那位流浪的年輕人到哪裡去了？據東國王子所獲得的消息是：這個年輕人因為長的太醜，所以雖然留在公主身邊，卻只能當個花匠。西國王子則很確定的告訴我，年輕人因為公主沒有足夠的錢養他而離開。南國王子深信年輕人是因為流浪漢的頭銜自卑而消失。北國王子嘿嘿地冷笑了兩聲說：「這個年輕人其實是我派去監視公主的，所以身份當然不能曝光」。沒錯，我們確實沒有得到任何有關於公主和年輕人結婚的消息，無論你打算相信公主和年輕人可能以何種方式在一起，我只想偷偷告訴你：那個年輕人可能是一個

我所認識的女孩！？不過，誰也不會在乎這個，就如同我一開始並沒有告訴你公主也可能是一個男的一樣。因為在城堡外面，愛情未必能對抗那些——要求凡是公主就只能嫁給王子的期許。

向 日 葵

　　我們總是看到風追隨著雲，但是有多少東西是追隨著風呢？在太陽的子民裡，向日葵的忠誠大概是最無可懷疑的。清晨，她們從一夜的相思裡甦醒，眼光與容顏便再也離不開陽光。即使風如何扭轉她們的身軀，這種凝視永遠是以一種無悔的姿態——追隨，追隨那看來飄忽、模糊，又炙熱的足以焚身的阿波羅之子。

　　也許你會問，什麼樣的追隨可以這麼絕對及永恆？我們不妨先聽聽葉子的說法：「不追隨風，我要如何離開枝頭，去開展不同的人生呢？」再看看風是怎麼想的。他說：「如果我不追隨著雲，誰能見出我的無所不在！」看來每個人的追隨都有不同的理由，或短暫、或間歇，不論採用什麼形式，追隨好像總得有個目的。那麼，我們何妨問問：向日葵的目的是什麼？

　　一株向日葵在還是種子的時候，就已經接受了宿命的安排。千千萬萬年以來，她們的血液裡燃燒著對太陽的渴慕。陽光，這個宿命裡永世的情人，從來不曾屬於她們。正因為無法擁有，所以只能追隨，這是她們愛的唯一方式。陽

光總是風流浪子，何嘗瞥見豐腴燦爛的容顏已燒灼毀棄？然
而因為愛，追隨可以沒有目的。

　　大家都知道，宿命最大的也是唯一的優點，就是免除
了徬徨，更何況還有愛這個無法反駁的理由。向日葵以宿命
捍衛了她的愛情。日出日落，因為宿命所以不覺失落的悲
涼；但也因為宿命，從不知選擇的快樂。

　　然而，連著幾月陰雨，使這一帶的葵花們面臨生命裡
最大的衝擊。如果陽光永不再來，她們將無法完成宿命的追
隨。她們俯抱著自己仍然鮮黃的花瓣，沉浸在一種從未有過
的悲傷裡。其中一株含苞未放的向日葵，雖然目睹了大家的
絕望，卻怎麼也無法說服自己，接受愛情早夭的事實。於
是，她，在雨中伸展了她的花瓣。

　　雨中開花的向日葵有些孤單，沒有了追隨，只好四處
看看。正巧瞥見一棵含羞草正微笑的看著她。

　　「沒在這種天氣見過妳們的臉，妳帶水的樣子挺好看
的。」含羞草先打了招呼。

　　「沒有情人，好看有什麼用？」向日葵幾乎是嗚咽

的說。

「對不起，我不知道妳失戀了。願意和我談談嗎？」含羞草熱心起來。

「不是失戀，是沒有情人。」

「沒有情人就代表還沒有戀愛，妳正希望無窮，為什麼要難過呢？」含羞草更好奇了。

「天啊！你不曉得向日葵的情人只有一個嗎？這個情人沒有了，我怎麼追隨？怎麼去愛？」

「慢著點，妳說不能追隨就不能愛是什麼道理？」

向日葵有點生氣了，她竟然和一個不懂愛的笨蛋說話。

「你不去追隨他，他怎麼知道你的愛。這麼簡單的道理都不懂。」

「追隨真的只是為了表現妳的愛？或者只是逃避人生的目標呢？」

「愛不就是人生的目標嗎？」

「那妳就不應該因為沒有情人而悲傷，只要去愛就好了。」

　　「愛不能沒有對象，所以我才要追隨。」向日葵充滿自信的說。

　　「對象不會只有一個啊！而且像我從不追隨，我的情人也知道我愛他啊！」含羞草嚴肅的說。

　　「你的情人在哪？」

　　「就在左前方那棵樹下，顏色比較深的那一棵。」

　　「你怎麼表現你的愛呢？」

　　「很簡單，就是付出。」

　　「那你得先弄清楚他的需要才行。」

　　「對方的需要是永遠弄不清楚的。妳只能做自己想為他做的，不過有一個原則，就是不能強迫對方喜歡和接受。」

　　「這算是什麼付出。所謂付出就是要合乎對方的需要，令他滿意才有價值。像你這樣的付出，對方說不定根本就不知道。」

　　「照妳這樣說，追隨就可以滿足對方的需要、讓他喜歡嘍！」

「當然。」

「他既然這麼需要妳喜歡妳，他怎麼會不見了呢？」

向日葵想分辯些什麼，卻顯得遲疑。她訕訕得問道：

「追隨難道不是一種付出嗎？」

「表面上看起來是的，實際上卻不是。妳應該知道追隨得遵照對方的要求，而付出卻依循自己的方式。」

「這不就說明了追隨更難也更能表示愛嗎？」

「妳喜歡自己的影子嗎？」

「影子對我沒什麼用，我根本不必喜歡或討厭。」

「那麼，追隨和影子有何不同？」

「好吧！就算它們的意義是一樣的，它們至少還有一項無法取代的價值，就是絕對的專一。」

「專一為什麼有價值？」

「那表示他可以完全擁有我操控我。」

「如果他根本不想操控任何人呢？」

「那我至少可以因為自己的專一，要求他對我專一。」

「所以妳的目的是要他專一，而不是為了愛。」

「沒有一種愛不需要擁有，我不相信你的付出不需要回報。」

「那要看妳對回報是怎麼想的。」

「回報就是相同的對待。」

「是用心相同還是方式相同呢？」

「當然是用心嘍！」

「那追隨就不過是一種方式。」

「我因為用心，所以才追隨啊！」

「所以重點在用心，而不在追隨。」

「至少追隨是最明顯絕對的方式。」

「但它仍然不見得符合需要。妳剛才不是說追隨合乎對方的需要嗎？」

「即使不合乎需要，它至少是無害的。」

「妳忽略了一點，無用的東西往往造成負擔。」

向日葵覺得非常沮喪，她不願意宿命的追隨竟然只是一種負擔。

「付出不會造成負擔嗎？」

「付出是為了自己，所以不會造成對方的負擔。」

「付出一定要有對象，怎麼能說是為了自己。」

「能夠付出代表你擁有這個能力，這就足以令人欣喜若狂。妳要知道自信是很難獲得的一種寶藏。」

「如果對方根本不需要你的付出，付出就失去意義，還能建立自信、獲得快樂？」

「一定會有別人需要的。」

「付出不需要專一嗎？」

「專一是一種心理狀態，不是一種要求。」

　　向日葵想：專一追隨陽光的宿命一旦失去意義，我的愛情何嘗存在過呢？絕望的情緒更濃了。……為了改變低迷的氣氛，含羞草故作輕鬆的說：

「妳還沒告訴我，妳的情人是誰？」

「就是太陽。」

「那妳永遠不用擔心他會消失。」

「他明明就已經消失許久了。」

「不，他只是轉換形態罷了。就像一個人正面和側面看起來不一樣，但確實是同一個人。」

「我如何知道他存在呢？」

「光線就是證據啊！月光、甚至於星星的閃爍，都是陽光的身影。如果妳仍然打算追隨他的話，妳至少要知道他不同的面貌。」

向日葵抬起頭來，果真在烏密的雲縫，見到了遮蔽不了的陽光。

不久之後，天空放晴了。向日葵們又回到宿命的軌道中。只是，如果你曾在雨中或夜晚見到一朵盛開的向日葵，請不要驚訝。沒錯，她就是知道即使宿命也可以有不同選擇的那一株。

獨木舟

　　森林之所以是森林，正由於它們並不知道彼此的不同。這片由挺拔堅實樹木所構成的林子也是一樣，每一粒種子在離開枝頭之前，都抱著延續並拓展森林生命與領地的夢。

　　春天的風吹過樹梢，從偶爾見到的白雲裡，樹苗們努力向上，以便抹去那一點自由的暗示。由夏而冬、年復一年，白雲和天空更顯得少見了，雖然風迴旋的空間卻多了起來。樹苗們並不在意，成長原是為了爭取擁有天空的權力，並向下延伸，作永生的固著。它們因為森林而生而死，也成就了更濃密更擁擠的森林。

　　不過凡事總有例外，這片林子的樹有其他的選擇。除了探出頭去領略天空或拼命佔穩地盤外，它們由於質地堅實、輕巧又不易腐爛，所以常在還能向上或向下發展的壯年，就被作成獨木舟。對它們而言，如果開花是成年禮，那麼下水的那一刻，就是無限悲淒的參與自己的告別式。

　　告別式其實比成年禮熱鬧許多，每一艘獨木舟脫離了「森林」這個名字，有了與樹木完全無關的稱呼。身上的色

調、曲線、年輪被全新的東西所取代。這些被作成獨木舟的樹木，稱這個儀式為「犧牲」。它們知道離開了森林的完整就是死亡，而且這種死亡其實是一種無止境的飄泊。沒有根、沒有了供養和傳承，還有什麼能超越這個命運中最大的咒詛呢？

　　每一艘獨木舟的憂傷都滅頂。它們在水影裡自憐、在樂聲中悲歎。那些森林中曾熟識的面孔，一但成了獨木舟，就再也不相識。它們哀悼自己的早殤，見證自己的死亡，獨木舟、風、雲或任何存在都失去意義，於是每艘獨木舟給自己取了一個孤絕的名字──「我」。

　　我的生活其實並不如預期的漂泊，它常常漫游在森林旁的河岸邊上，而且靜止的時間居多。岸上的樹木既不會看它一眼，它也忘了自己是什麼。只依稀記得，變成獨木舟之後，就失去了掀起狂瀾般風聲、承擔滿身青綠的能力。現在，我只負載一個人，和一個人最基本的生活需求。除了那雙握槳的手、纜繩和舟底的水外，我大體上覺得這種死亡是自由的。但是它無法對死亡滿意，因為離開既然是失去，而

失去總是死亡，自然沒有對死亡滿意的道理。

　　這一天，我撞上了另一個我。它們正沉緬於死亡憂傷的永無結束。嘎吱一聲，身上的油彩被磨掉了一些。我同時在對方身上看到了一片黃白的木皮，而且自己的身上也有一塊。我頓時從死亡的悼念裡，憶起曾為樹木的生前。它開始思索：如果世上還有另一個我，而且這個我可以見到我，那麼究竟孰生？孰死？

　　懷疑死亡的明確性不是一件好事。意外過去了很久，我也沒有再遇見另一個我。但是它開始抱著希望來觀察尋找，就是一件頂壞的事。它不斷從那塊磨掉油彩的木頭揣想：我是什麼？我和樹是什麼關係？它開始注意水中倒影的全像，並且尋找河岸邊與我相同的樣子。這段時間，它有點興奮，既然有這麼多和我一樣的我，我們就是一座森林了。我並沒有死，一切都和以前一樣，我只要努力地向我靠近就好了。

　　太過自信常常帶來致命的打擊。我終於發現我們永遠不會是森林了。每一艘獨木舟都有自己的去處，連停泊的地

方都不一樣。更要命的是：那些看起來一樣的油彩和曲線，其實完全不同。我畢竟是真的死了，沒有森林的夢和根，樹木就失去了價值，更何況獨木舟根本就不是樹。

　　維持對死亡的認知有一種安全感。我回歸到繼續執行自己死亡的軌道上，只是不再這麼悲淒了，反正死就是死，沒什麼可想的。它偶爾看看周圍的東西，竟然弄懂了雲不一定是白色的事實。老實說，它甚至於覺得日子有點愉快，尤其是在那些熟悉的水道行進時，也許說奔馳會更恰當吧！當然，如果那揮之不去的孤獨可以離開的話，生死、森林和獨木舟的生活，還真沒有什麼不同。我就是我，獨一無二而且完整的。

　　但是，完整意味著什麼呢？

　　我的航行其實並不遠，大部份的時間它都在平滑的河面上划行，偶爾風強了些，也只是晃的厲害一點罷了。熟悉增添了自信，它幾乎感覺不出土與水的不同。不過，人生總有第一次，這天它來到瀑布下，水掀起了和風聲一樣的狂瀾，超過了它的負載，「翻了」我聽到有人說。它於是慢慢

地漂著，心想：「翻」是什麼意思？翻了還是沒翻，我不是都有一半泡在水裡又浮又沉嗎？

不知道漂了多久，水面又平滑起來，不過這次它卻停住不動了。這時它看到身邊有一些像葉子的東西浮在水面，葉下還長了些像根一樣的東西。基於一種無聊的好奇，我和這些似動不動的浮萍說起話來：

「你下面那些像根的東西是什麼？」我問。

「就是根。」浮萍說。

「胡說，根是長在泥土裡，用來吸取養分、固定自己的。你那些東西根本沒有這些條件。」

「你認為吸收養分和固定自己哪一種比較重要？」

「沒有固定怎麼吸收養分呢？」

「如果養分不在一個地方，那麼固定能吸取到養分嗎？」

「你的意思是，根是為了吸收而不是為了固定？」

「差不多是這樣。」

「那所有活的東西都會有根嘍！不拘在水裡或土裡，

根不一定要固定住，對不對？」

　　「大致是如此。」

　　「那我已經死了，我已經沒有吸收養分的根。」

　　「那要看你認為自己是什麼東西而定。」

　　「我是獨木舟呀！」

　　「獨木舟的根是水，只要還能碰到水，它就是活
的。」

　　「可是我是樹木造的，我不可能離開我的本質呀！」

　　「樹木的本質是什麼？」

　　「我不知道。」

　　「所有生命的本質不是土就是水，不是嗎？」

　　「如果獨木舟與樹木的本質都一樣，為什麼要將樹木
造成獨木舟？又為什麼給它們不同的根呢？」

　　「你喜歡森林嗎？」

　　「喜歡。」

　　「為什麼？」

　　「因為在那裡我知道自己是什麼、要做什麼。」

「你要做什麼呢？」

「長得比別人高比別人壯。」

「為什麼？」

「這是作為一棵樹的責任。」

「誰告訴你的？」

「以前就這樣，大家都這麼想。」

「你知道樹可以被很多生物寄生或寄居嗎？」

「那不是樹的志向。」

「你認為長高長壯比讓一種生命延續下去來得重要神聖？」

「好吧！就算你說的對，這和獨木舟與樹有什麼關係？」

「你何不想想你在成為獨木舟後，生活有什麼不同？」

「孤單、不定、危險。」

「還有呢？」

「自由吧！」

「你在森林的時候不自由嗎？你現在得受水、纜繩和搖槳的手控制哦。」

「大概是森林太固定了吧！」

「其實當樹或是獨木舟都有不自由的地方，但是存在的價值卻沒有輕重。」

「死亡會有什麼價值？」

「你認為自己死了嗎？」

「不太確定。」

「你確實不是長在森林裡的樹木了，但是你現在是獨木舟啊！」

「獨木舟泡在水裡不能航行，就是真的死了。對不對？」

「不當獨木舟還能當泥土呢！你擔心什麼。」

風大了些。

「你不會跟我一樣留下來，對不對？」

「我們一定會再見，當我們看起來沒有不同的時候。」

　　浮萍漂走後，我慢慢吸吮著獨木舟特有的根，終於順
利的生成泥土，而且不再孤獨。

　　當然，春天又來了，種子仍以它們特有的告別式離開
枝頭。令人驚異的是，那個關於尋根的夢竟然還在上演。

石頭

　　荒野中有一顆平整的大石頭被大片的綠草緊緊圍繞著，每當風從遙遠的樹林吹過來，無論是冬季枯黃的草色還是夏季如茵的綠，都會前仆後繼的向石頭靠攏。石頭有時出現有時隱沒，如生命之偶然。

　　無人跡的荒野，這一日，有五個人從不知名的四面八方來到這裡。第一個人穿著破舊的夾克，黝黑的皮膚上糾結著鬍子和長髮，行李同樣破舊地掛在他的肩上。他是一個旅人，石頭提供了暫時坐下休憩的機會，當他把身體完全伸展後，便沈沈地睡去。第二個到達的是手拄著黑色手杖，頭戴黑色禮帽的學者，他步伐悠閒地跨上石頭，對著一望無際的野草長長嘆了一口氣。此時另一位穿著長統靴，右手臂下夾著綠色軍帽，表情嚴肅地軍人出現，但是他只是嫻熟地走到定點，靜靜地立在石頭旁邊。沒多久一位懷抱著嬰兒的婦女也來了，她豐腴的體態在紅色的洋裝下散發著誘人的神采，卻無視任何人眼光地坐在石頭上，開始餵哺懷中哭鬧的嬰兒。最後出現的年輕人，則提著筆記型電腦，胸前還掛著一架專業攝影機。

　　站在石頭上的學者很快便注意到最後來到的年輕人身上的配備，他猜測對方與傳媒之間的關係，卻隱忍著攀談的慾望，希望年輕人會主動和居高臨下的他打招呼。但年輕人只是在石頭四周閒逛，一會兒拍天空、一會兒察看熟睡的旅人，最後竟然開始觀察起嬰兒的小腳。於是學者按耐不住地清了清喉嚨，彷彿不針對誰地開始了他的演說：

　　「這大自然真是美妙啊！山風田野，正合我超脫塵俗，澹泊名利之志。沉醉其中，富貴功名，一無罣礙。」由於讚嘆之聲過於宏大，竟驚醒了一旁沈睡的旅人。旅人因此恍恍惚惚地站上石頭，轉頭四望，一副仍弄不清楚方向的樣子呆呆地立在原地。這時餵哺嬰兒的母親唱起搖籃曲，歌聲輕易就掩蓋了學者刻意狂放的音調。而一旁釘立在原地的軍靴男子雖然仍維持著標準嚴肅的姿勢，眼光卻不受控制地隨著歌聲不斷飄向體態豐盈的婦人胸口。

　　由於拿著攝影機的年輕人沒有如預期般注意到他的演說，這迫使學者主動出擊：

　　「年輕人，你是個攝影師嗎？」

　　「不完全是。」年輕人頭也沒抬地回了一聲，就繼續拍那隻在石頭邊繞圈的螞蟻。

　　對於自己向來擁有的尊敬被忽視，學者感到無比的震怒，於是他不得不開門見山地說：「你應該聽過我的名字吧！我是著名的×××。」

　　年輕人嗯了一聲，然後就開始對著軍人發亮的軍靴前前後後地拍照。這下學者的聲調提的更高了：

　　「年輕人，你是在做生態田野調查嗎？」

　　「不是」他說完即坐在石頭上，開始在筆記型電腦上打起字來。

　　「你是作家嗎？」「不是。」

　　「那你在寫什麼呢？」「我在寫一篇報導。」

　　「關於什麼的報導？」「關於尋找偉人的報導」

　　學者心中一驚，立刻整一整自己的衣服，摘下禮帽彎下身軀和顏悅色地探問：「尋找偉人是怎麼回事？又怎麼會到荒郊野外找呢？」

　　年輕人微微一笑，說：「我是為一份國際雜誌撰稿的

專欄記者，今年的年度企劃是當代百位偉人的介紹。為了打破以職業和名望等世俗條件為標準的評比，我們此次決定離開城市去尋找具有高度品格與精神能力的人作為報導的對象。」

「你已經找到了嗎？」

「已經找到九十九位，還差一位我就可以完成撰稿，而在剛才，我已經找到了最後一位。」

學者極力控制自己亢奮的情緒繼續追問：

「是在場四人中的一位嘍！」「是。」「那麼你應該明白學術研究工作是極富精神能力的吧！尤其是同時擁有高深的學識又保有本心澹泊名利的人。」「是嗎？」年輕人面無表情地說。「這還有疑問嗎！知識份子是社會的精神導師，是引領世界的先驅，是社會的良心。所以沒有人比知識份子中擁有最高學位的學者更有資格入選了。」「喔！那麼你認為我要如何描述你過人的精神力和品格呢？」學者急躁地擦擦額頭的汗珠：「頭銜、名望、資歷，但最重要的是『關係』。年輕人，人的社會就是一個關係的社會，能成功

建立各種關係為己所用就是最好的能力。而這種能力使任何
人都不能不屈從於你。」「所以它的內涵是？」「是權力。
並不是知識本身的力量,而是假知識之名,獲致的名望地位」
「所以這些就是你的人格和精神力？」「當然不只如此,你
知道擴張理論最好的工具就是媒體,能讓媒體為你塑形宣傳
就有事半功倍之效,沒有比這樣的合作更有利的。」「如果
我把你列入,我能得到什麼好處？」「你要什麼就有什麼,
學位財富名望……」

　　就在學者開出更多條件的時候,發著呆的旅人像突然
有所發現似的,立刻拿起他破舊的行李朝夕陽將落處奔去,
他煥發著神采的黝黑面容,露出一種辨識出西方的喜悅。婦
人此時也抱著熟睡的嬰兒往更遠處的村莊走去,天空顯然已
經表明了晚飯的時間。軍人在目送婦人美麗身影離去後,仍
緊閉著雙唇一動也不動地站在原地。年輕人敲打完最後一個
字,便闔上電腦離開。學者急急一路追趕,終於順利地把自
己的名片塞進了年輕人的口袋。他還不忘拍拍年輕人的肩
說:「找個時間我請你吃飯,介紹一些人給你認識」。

　　一個月後，這份國際知名的雜誌刊登了當代百大偉人的圖譜。最後的一位提名為「餵乳的母親」。記者寫到：當我在荒野遇見這位婦人的時候，曾有兩位男士令我猶豫。其中一位是疲憊的旅人，他不明所以地執著於一無所有的西方；另一位軍人則守份地立在原地，用精神努力對抗著麻木的身體。他們都是我眼中足以呈現人類高貴品質與力量的化身。但是直到我與那位自稱擁有高尚品德與精神能力的學者對話後，我才真正明白操弄知識語言的可鄙。為此，試圖用語言描述世界偉大事物的我，又怎麼可能不在報導的過程中，賣弄並出賣自己，同時操控又迎合他人呢？是以，面對這篇報導的最後一位入選者，我只能儘量用不侵犯她的語言做必然要失敗的描述：

　　荒野中的一顆石頭，是粗鄙學者欺世的講台，是旅人眺望世界的依靠，是軍人奉行不輟的規約。但一位坐在石頭上餵乳的母親，卻讓石頭只是石頭，石頭與我們從不瞭解的世界一樣誠實自然。

請 在 秋 天 寫 信 給 我

　　男孩與女孩在二十三歲那年的夏天，一起去看了一場
電影。散場時，午後的天空突然下起了大雨，雷電轟隆，把
他們留在人群已經消失的電影院門口。他們靜靜地等著雨
停，一時之間，竟不知道要說些什麼。於是一直沈默著等到
天色都暗了，霓虹燈亮了起來，下班的人潮又開始多了起
來，各式各樣的傘從他們的面前走過，有的進入了捷運站黑
壓壓的入口，有的走進光線明亮的餐廳，有的人湧進了他們
身後的電影院，他們靜止在這個不斷旋轉的水流中心，像擱
淺的紙船，被天空不斷落下的雨給阻擋浸濕包圍。

　　女孩知道有些已經發生的事無法再繼續了，她的包包
裡有一封信，用漿糊黏的緊緊的，她寫了一夜，用掉了兩本
信紙，每一張都只寫了兩個字就丟掉了。她也許該用平常的
方式稱呼他，可是，她不曉得平常的稱呼還能不能用？於是
她不斷地想，把以前用過的稱呼都寫過一次，還是不知道要
怎樣稱呼他。一旁的男孩無所謂地望著人流聚聚散散，像節
慶的煙火，碰的一聲便沒了蹤影，他知道還沒發生的終究會
發生，所以，他等著，不太用心地等著，昨天晚上他偶爾翻

出了多年前她寫給他的一封信，那種親熱的稱呼讓他發笑，
卻又有種無可奈何的感覺。他發現她已經很久不曾這樣叫
他，也許，他們已經很久沒有稱呼過對方，包括他們的名字
外號暱稱，喔！這雨下的真的太久了些。

　　積水從應該排水的下水道湧了出來，站在電影院門口
等雨的人愈來愈多，男孩與女孩被推到了牆邊，雖然還牽著
手，卻一點也看不到對方的臉。她開始焦急起來，想不起男
孩今天穿的衣服顏色，於是她踮起腳尖，朝拉著她的手的方
向望去，一個戴眼鏡的斯文男孩的臉出現在她的面前，男孩
瘦削的身上穿著一件白色的襯衫，他溫柔地望著她，一時之
間，她無法確定眼前這個男孩是不是他，他們已經有很久沒
有談論自己，總是對著那些一點關係都沒有的事物張望，她
想，無論這個人是不是他，她都應該在手還被緊緊握著的時
候，把信交給他。

　　另一端的男孩知道自己還牽著女孩的手，雖然旁邊有
一個長髮的女孩幾乎壓麻了他的手臂，女孩的髮香淡淡地拂
過他的臉，他想起三年前送給女孩的第一朵白山茶。山茶花

放在一封信裡，信紙上有一首詩，他寫了一夜，為了該怎麼稱呼她而想了許久，後來，他什麼稱呼也沒寫，那首詩，收到的人就會知道那是為那個人寫的，那時候，他一點也不在乎別人怎麼看他。但是現在他的手僵硬了起來，他必須做一點舒展，於是女孩的手便從掌心滑落。

　　開始有人冒險的奔入雨中，涉過及膝的水往前推進，然後像是說好了似的，一群一群的人相互緊靠的向前奔跑，男孩身邊的長髮女孩牽起了他的手，勇敢地朝前衝刺，他雪白的襯衫很快地就濕透了，但是他寬闊的胸膛仍盡責地擁護著纖弱的長髮女孩，一點也沒有遲疑地消失在另一個霓虹閃爍的入口。

　　女孩眼前的男孩也走了，人潮散盡，突然空曠的走廊上，她的手連一點餘溫也沒有留下，包包裡那封因為握著太久而濕透的信，沈默地解體，一團團的黑色墨汁和雨水一起流向怎麼也不會封閉的下水道。電影院拉下鐵門，一個工作人員撕下了舊的電影海報，那是他們才看過的那一部，隨後被收垃圾的工人給帶走。

　　男孩一直到許多年後，仍然想不起來是在哪裡遺落了那個女孩？直到一個秋天的午後，男孩再度來到電影院門口，他買好了票，焦灼地等著昨夜他為她寫詩的女孩，幾個工人正在架設新的電影看板，當男孩和女孩走進剪票口，看板上即將放映的電影是一個深夜的雨中，面貌模糊的女孩站在已經散場的電影院門口，她被雨水遮蔽的容貌模糊，包包裡有一封信露出了一角，上面寫著：請記得在秋天寫信給我。

三個包包與三個女人
和男人們

　　他們的女人在不同的時候總是會有些不同的花樣讓他
們摸不著頭緒。一個女人在夏天的早上穿著若隱若現的水絲
浴袍，把一隻白嫩的大腿跨在他們的腰上。三個小時後，女
人的套裝印著今年最流行的印花不規則裙擺，在辦公室裡拿
著話筒對他們吆喝，然後過不了多久，女人一臉死白的面膜
束腰束褲大咧咧地坐在客廳看電視。另一個女人早上對他們
正眼也不瞧，就穿著整套有仿冒勾勾的紅色滾白邊運動服到
公園去運動，等他們出門以後，女人換上今年流行的花格子
七分褲到菜場買菜（男人們實際上並沒有真正見到女人的裝
扮，不過這並不是臆測或猜想，男人們確確實實可以說他們
親眼見到了，而且女人也同意他們並沒有說謊），晚飯後，
男人們回家之前，女人又換上一件花格子運動衣（有點褪色
起毛球的那種）上床睡覺。男人們從來不瞭解滾邊勾勾和花
格子有什麼相同或不同，他們回到雙人床上已經習慣強力冷
氣結凍下的棉被被套，或是極少極少觸碰到的女人不穿衣服
時的可能是皮膚的東西。至於另一個女人就更讓他們頭痛不
已，她總是在街上百貨公司或任何有櫥窗的地方出沒，男人

們幾乎不敢眨眼，因為一瞬間櫥窗裡的東西就會穿在她的身上，一會兒是破破爛爛的牛仔褲，一會兒是迷你的印花旗袍，然後則是拖地不對稱的紗裙或是緊身束腹的運動衣。

　　男人們從來弄不懂這三個女人，尤其是她們的衣服，卻自認對她們的包包很有定見。他們毫不猶豫的說：他們的女人提的是**同樣的包包**。

　　這款被男人們認為整合了不同女人的包包其實是你滿街處處可見的駝色花格子。但如果你是一個女人，你就會知道三個女人的包包是完全不一樣的。也許你可以世俗一點的斷定穿水絲浴袍的女人理所當然買的是Buberry牌子的淑女包，穿仿冒勾勾的女人用的一定是地攤牌手提包，而時髦趕流行的櫥窗女蒐集的一定是著名的Daks日系腰背包。這樣的分配基本上符合以貌取人的level，不過你既然是一個女人，就會知道事實不是如此，而且這些一點也不重要。

　　女人從美容院出來後，立刻回到自家的浴室。浴室裡有一面小小的鏡子，鏡台放著男人的刮鬍刀、刮鬍水、中間凹陷的牙膏、刷毛完全外翻的牙刷和洗髮精沐浴乳以及角落

一籃還沒洗的衣服。她拿起那隻黏著男人髮油的密牙梳子梳著才剛燙的黑人捲髮。她的手一會往上提一會兒向下拉，猶豫著要不要梳一點瀏海遮住過寬的額頭和鬆弛的臉頰。然後她決定保持燙好的樣子，只在顴骨附近刷上赭紅色腮紅。接下來她走進臥室小心翼翼地打開梳妝台抽屜，從幾朵母親節褪色的緞帶康乃馨、變色的銀質耳環、假珍珠項鍊中拿出一個紅色絨布首飾盒，取出裡面那條顏色已經有點黯淡的老式純金項鍊。她把它放在頸子上比一比，就仔細地放回盒子裡。臥室的雙人床上有一套不是今年流行的白底紅牡丹印花洋裝，她努力的把自己塞進衣服裡面，在袖口的地方擠出兩坨晃動的肉，這時她剛上好妝的臉已經冒出豆大的汗珠，於是她用腳啪地一聲打開立扇，呼呼地強風立刻把她的黑人頭吹的更高了一些。她這才踩著小板凳打開衣櫥的最上層，從一個黑色的防塵套裡謹慎地拿出一個駝色格子淑女包，（雖然是很多年以前的款式，不過男人們始終認為是他們的女人最近又買的新貨）。她小心地把還掛在皮包肩帶上的標價和牌子取下，在包包內部的兩個隔間墊上幾層厚厚的衛生紙，

用迴紋針夾住，然後把梳妝台上的紅色絨布盒放進去。

　　這時辦公大樓裡的女人正坐在冷氣空調氣孔直吹的位子上。臉上的蜜粉已經乾裂的跟身後受潮的粉牆一樣，她兩眼緊盯著電腦，右手快速地敲打鍵盤輸入一大堆別人完全看不懂得數據。電話筒正夾在頸脖處，左手迅速地翻閱一疊公文夾。她的桌上除了一台液晶螢幕電腦外，就一個筆插和上鎖的資料櫃。和所有其他坐在方格子裡工作的人一樣，乾淨整齊的桌面上一杯放涼卻一口沒喝的水和右下角落裡印著燙金色的27號，這是她的身份代碼和分機號碼。桌下三格抽屜的第一層微微打開，有幾串鑰匙和文具散落著。第二格緊緊關著，預測應該放著面紙衛生棉之類的女性用品。第三格拉開一半，一個駝色格子背包背帶掉在外面。拉鍊口半開，裡面有一隻紫色的口紅、一面方形的小鏡、眉筆、化妝包、皮夾、零錢包、咖啡色寬底密棉梳、鑰匙、香水、陽傘、面紙包、手機、眼鏡盒。

　　東區百貨公司一樓Burberry專櫃正展示二〇〇五年粉藍和草莓牛奶經典格紋包。四樓高級淑女裝的DAKS專櫃則推

出今年日系的經典格紋大提包。隨處可見的人行道上擺滿了各種顏色的格紋皮夾側肩包手提包。一個穿著膝蓋破洞牛仔褲及細跟六吋高跟鞋的女人坐在街邊公共鐵椅上休息。格紋水桶包放在左邊，裡面有照相機、記事本、一件長袖白襯衫和水壺。

男人們得知他們的女人失蹤的消息，是在女人失蹤一個月以後。那時男人們正在club定期聚會，摟著所謂社交名媛喝著珍貴年份的葡萄酒。Waiter早在一星期前就用托盤托著一張寫著〈女人失蹤〉的紙牌在座位中穿梭，但是沒有一個男人認為失蹤的是自己女人。於是Waiter把紙牌翻面寫上新的酒單放在吧台上，這才引起了男人們的注意。

男人們對於他們的女人失蹤這件事，一開始是不以為意的，直到他們發現失蹤的女人只帶走了包包，這才開始懷疑並且憤怒起來。男人們破例地在正常下班的時間回到家，首先檢查鞋櫃裡有沒有可疑的鞋印，緊接著進入書房，從上鎖的抽屜裡拿出房屋權狀、地契、銀行存款簿、股票交易資料，一筆一筆核對，這就用去了三天三夜的時間。然後他們

進入臥室，檢查女人塞滿衣服的衣櫃，仔細聞嗅床枕上的髮膠臭味，翻閱照相簿和每一封私人信件。結果是丟滿一床的衣服全都和他們以為的女人身材不符，也沒有任何可疑的文字和氣味出現。所以直到這時男人們才開始有些心慌，並不是因為浴室裡還沒洗的那籃衣服開始發出臭味，而是不曉得報警的時候他們要怎麼描述他們的女人。

　　「唯一的線索就是包包」男人們再一次的club聚會很快做出了決議。進一步要弄清楚的就是：為什麼是這種花紋的包包？於是男人們競相請偵探社加入尋找女人的計畫，而第一個鎖定的地點，就是百貨公司專櫃和各地的名牌旗艦店。

　　前往台東的自強號列車才靠站，三個女人便同時走進第二車廂，面對面的坐了下來，隨即各自倒出了皮包裡的東西。紅色絨布盒子從黑人頭的包包滾出來後，她就拿了幾張夾層衛生紙去上了廁所。六吋高跟鞋女人把相機放在小桌上，穿起長袖襯衫縮起雙腳，在椅子上沈沈睡去。這時27號的手機響了起來，來電簡訊顯示：

買更多新的包包給你

男人們留。

　　開偵探社的男人調閱了所有Buberry和Daks的客戶資料，都因為沒有留下照片，而無法把幾個同名同姓的女人列為偵察對象。另一個嚴重的問題是客戶資料的職業電話和地址都不相符。偵探社因此面臨了前所未有的挑戰。

　　27號拿出小小的化妝包，開始用卸妝油仔仔細細地卸下臉上已經皸裂的粉底，然後拿起小鏡細細地畫眉毛。自強號列車晃的很厲害，黑人頭差點就把剛做好的頭髮壓扁。六吋的頭晃來晃去，幾次敲的車窗砰砰作響。車到台東火車站的時候，27號的眉毛才畫好一半，三個人留下了三個格紋包輕快地下了車，直直朝海邊走去。

　　男人們面對新聞記者採訪的時候都換上了剪裁合身的西裝，臉上故意留著一些鬍渣，用來強化他們雅痞的品味。

　　「請問失蹤的女人有什麼特徵呢？」

　　男人們神情凝重的說：「就是一個名牌包包，有駝色

格子紋的那種。」

　　「是英國的品牌嗎？」

　　「應該是吧！」

　　「是哪一款呢？」

　　「今年最新款。」

　　「哪一季的最新款？」

　　「就是每一季的最新款。」

　　「是水桶包還是經典包還是淑女包還是手提包？」

　　「都有吧！」

　　「包包裡裝了貴重的東西嗎？」

　　男人們沈默了一會兒，說：「一定是貴重的東西，只是我還沒想起來丟了什麼？」

　　「你有沒有什麼話想透過螢幕跟女人說的？」

　　「只要你回來，我就買更多包包送你。」

　　女人將褪色的黃金戒指賣給路邊小鎮的首飾店，然後在老照相館租下一件老式的婚紗。六吋用27號的手機在一家男生的理髮店剃光了她的頭髮。27號則站在公共廁所的

鏡子前面把自己的臉重新畫好，順便把所有的東西丟進馬桶沖掉。

　　燦爛的夕陽緩慢移動過一絲不掛只穿著鮮紅高跟鞋的六吋、身著老婚紗的黑人頭以及用化妝品精雕細琢之後27號年輕的臉，就在它完全沈入黑暗的那一刻，六吋架起她的照相機，她們相互扶持推擠地在翻湧的浪濤前拍下了最後一張有著隱微光影和長長足跡的照片。

　　男人們被通知到警察局認領遺落在自強號火車上的三個女人包包時，三個格紋包包裡什麼也沒有，而且他們一點都不明白這三個包包有什麼不一樣，更糟的是：他們壓根不知道這是不是他們的女人的包包。警察局鑑識科的男人一方面電請名牌的專業人員做檢驗，另一方面則到櫥窗、臥室和辦公桌採集指紋比對，卻還是無法斷定這三個包包是真品還是仿冒。

　　當男人們回到平常作息的三度club聚會，Waiter用同樣的托盤托著偵探社送來的最後一張照片在座椅間不斷穿梭。男人們隨手翻翻，就繼續談論最近流行的釣魚竿和最新款的

車種。浴室裡的那籃衣服已經完全腐爛，辦公大樓冷氣孔的位子上現在坐著一個電腦合成的充氣娃娃，百貨公司櫥窗裡的每一個模特兒照舊穿著即將過季的流行服飾。

　　愛惜物品的Waiter雖然曾經把偵探社送來的照片貼在牆上，但是沒過多久就被老闆的新酒單給換掉了。一個回收紙張的老婦人在垃圾桶翻找到這張照片，就把它帶回家放進自己的經典格紋包包裡。

　　老是等不到男人們回音的偵探社男人，這時持續地盯著自己桌上那張無名氏寄來的照片。畫面上的海灘散落著長袖襯衫、破洞牛仔褲、六吋高跟鞋、婚紗、和一坨沾滿了油彩的衛生紙。他決定複製更多的照片，寄給許多同樣失蹤了女人的男人們。「不用太久」，偵探社男人想：「失蹤女人就會回來拿她們新的包包」。因為他和男人們都深信：沒有新格紋包包的女人，什麼也帶不走。

閱讀・旅途・村上春樹

　　當行囊裝滿了四季的衣物、保養品、護照、外幣，那個我即將前往的我以為存在的地方就逐漸成形了。時間是固定的、路線是固定的、打算尋訪的人是固定的，除了天候，行李箱裡所能顧慮到的就是漫長旅途上極少可能的空閒要做什麼？於是書架前不甚討好地村上春樹厚實長篇，遂成為繁忙遊憩間隙裡的沈重預支。

　　飛機起飛的那一刻還算完美，身旁座位上的棕髮年輕男子無聲沈睡的姿態也很不錯，我打開村上長長書頁的開端：世界末日與冷酷異境，渾然不知它所預示的前路。空姐送餐的聲音在耳際燥熱起來，棕髮男子謹守禮儀吃完魚沙拉甜點和一杯咖啡繼續睡眠，我卻在第十七頁的第八行開始，想起了輪子的進化。

　　一位閉門造車的男子，穿著一襲皺皺的長衫，傴僂乾瘦的背影在畫面中心的位置，他伏案的石桌上刻滿各式多角的線條，握刀的右手食指滲著鮮血，因著當時黑白影像紀錄而沒有被發覺。然而，當頭髮灰白的男子倏地轉身面對我們，鏡頭從腳下繫著美麗緞帶的圖開始，一無遺漏地來到他

不斷放大的臉部，身後的茅草屋頂驀然崩塌，他茫然的眼神立即被四處飛轉的圓輪淹沒。

　　和老友約在十數小時飛行的甲地碰面，她從乙地出發，我從丙地前往，而且累積十年未見的想望及一個完全未經歷過的可能。我們這個旅遊可計畫的詳盡：行前頻繁寄發e-mail，蒐羅各種旅遊資訊，敲定住宿、機位、當地旅行團。彷彿每一秒鐘我們都會擁擠不堪的在時間裡奔跑，無法喘息地笑鬧說話直到返鄉的那一刻。壓根沒有想到一個日籍作家的一部適宜做為催眠藥用的長篇，會成為旅途中最精彩的部分。所以我是在抵達甲地的第一個夜晚，因為意外的失眠和過多語言的交談疲倦，而繼續在第四十九頁跳進輪子的進化。

　　第一個四方形輪子的問世，在研鑿石頭上花去了許多的心血。然而每次前進必然要發出的沈重撞擊聲，使推車的人習慣在經過輪軸垂直點的那一刻停頓，意圖避免激烈的撞毀。但若不是一次意料之內的撞毀，不甚對稱的八角輪子是不會猝不及防的自己出現的。當閉門造車的男主角懷抱著充

滿美感的圓輪設計打開那扇阻隔自我與世界的門，外面那個說不上是不是完美的生活，就立刻把他放進了時代的過去。沈醉與驚愕的表情從此定格，被框印成一幅永遠無法改變的生命風景。

　　速度是旅行中與金錢緊密相關的要件，「大老遠一趟來，我一定要玩到爛才夠本」老友說。清晨四點，我著裝完畢因時差邊打瞌睡邊等遊覽車。這一天要行經沙漠莽原，去看一個叫做石林的國家公園。攝氏四十二度的豔陽和駕駛兼導遊含著棗子說出的英語，to-die（today），We will have good time good food good point……。老友拿著鏡子不斷在嘴唇上塗抹著粉紅色的油彩，窗外是高大鐵樹、黃草和黑牛。我在看到第十七次的牛群時，便於飛速圓轉的輪上沈沈睡去。村上說：人的左腦和右腦分別處理感受與認知，意識的核隱身其中主導著人的一切判斷，如果找出意識之核的規則再輸入意識之中，那麼意識的表層、意識之核與意識置入的意識規則間，將會產生何種變化？

　　無論是不是真的清醒著，我的右腦在看到石林的時候

立刻核對了旅遊導覽上的資料，仔細判讀後確認除了陽光，
其他的尺寸顏色樣態完全不符。老友則拿著照相機不斷透過
絕不摘下的太陽眼鏡向我的左腦發出信息，我滴滴答答的密
碼從意識深層轉譯出這一圈圈輻射狀的幾何排列與外星人的
可能關連。但是她卻哈哈大笑的說：這不過是政府為了觀光
而造的假。我也許該相信她的說法，她畢竟住在這個國家
二十年，即便也與我一樣是第一次來到這裡。同團的兩個香
港人和四個日本觀光客在離開保護區的時候被管理員喝住，
口氣嚴厲地要他們交出瓶子裡的黃色沙粒。「這是國家資產
不可帶走」，幾個人面面相覷垂頭喪氣的上了車。老友發表
了關於東方人不守法的議論，我看著窗外的牛群，疑惑牠們
在草原上遷徙移動的路線，是不是偶爾也會吃到人們劃定的
區域以外的草？

　　那一晚，我打開書頁讀到主角生活中最珍愛的東西被
徹底摧毀的時候，隔天的旅程是個叫海浪岩的東西。同樣沈
睡於旅途的我極為疲倦，這總也不會停止的等待、上車、下
車，如果不是導遊熱烈的聲調邀約，我是不可能在語義含混

不知是液體還是固體的目的地到達之前移動我的雙腳。這位
講話時習慣咂嘴的壯年男子，一臉興奮地為車上大多數本國
的異地遊客指點著眼前十幾座妝點著鮮花、有著水泥墓碑還
刻寫著忠心約翰瑪麗路易……的狗墳，他啊啊讚嘆人狗的親
密情感，卻絕不會忽略牧羊犬該有的職責。藍眼洋人們頭如
搗蒜，紛紛拿起相機，如珍愛稀世之寶般與墳一一入鏡。而
無處不照相的老友此時卻躲的遠遠的，她東方人的忌諱轉變
成對洋人少見多怪的譏諷。是啊！當我們以為已經握著自己
想要的東西時，別人還有什麼價值呢？除非有人毫無感覺的
毀壞你花時間建構起來的生活秩序，我們才會發現那些所謂
極佳年份的酒或是最喜歡的西裝，從來就不是無可取代的。
可是我們就是會萬般不捨的放在那裡，不斷累積著對它的依
賴和想像，然後在經歷徹底的毀壞之後，又如螞蟻般重新建
造起來，雖然明知失去了天真與信仰。

　　海浪岩果然是一個真實的令人無法置信的虛假，它如
此逼真的以不知是幾億年前某一刻的雄偉姿態臨照著遊客渺
小的身影，但這竭盡全力湧起的浪終究不明所以的停格，徒

留下一個空洞無力的手勢，甚至無法擺脫我們無處不在的相機和腳印。

　　從甲地到乙地由乙地到丁戊己丙，轉機是旅遊裡比轉車更簡便又無聊的選擇。但這個沙漠太廣，老友說：我們得節省時間才能跨越。冷酷異境裡研發出改造意識之核技術的博士，在漆黑惡臭的地底隧道留下求救的迴紋針線索。但如果我們不是在黑暗中，如果我們不面臨生活世界的崩潰，這小小的迴紋針又怎會成為導引，在一片無光的宇宙閃爍？旅程順理成章地進入大城市之後，老友回到她的工作崗位，安然地在生活秩序裡偶爾出走。我卻不然，只平穩地懸掛在一個被別人闖入毀壞、為自己所厭棄排拒的時空，失去對世界末日與冷酷異境的選擇判斷。沒有誰的自我理所當然壓迫著你的時候，旅程還剩多久呢？如果閉門造車的男人知道還有多久，也許他就能免除追求的狂熱與幻滅的痛楚。在世界末日逐漸迫近的此刻，我即將完全成為一個沒有我的我的那一刻來臨之前，細想除了徒勞還能做什麼？

　　金色的獸在嚴寒的冬季一隻隻死去，牠們馱載著人們

釋放的自我而死亡，只在乾枯的頭骨裡存下模糊不清、片段
支離的夢。我們是否也一樣呢？在旅途中負載著生活裡不願
拋除的部分遠渡重洋，然後在同樣冷酷的世界裡意圖拼湊那
些斷裂的夢。遊覽車窗外沒有金色的獸，只有黑色牛群為避
開烈日的燒烤而團團圍聚於大草原上難得幾棵有著巨傘的樹
下。跋涉再跋涉，石林不過是殘破的夢，只是你不親見就是
不能放手。

　　在離開前的最後幾天裡，我與老友持續沈默著。旅途
和生活一樣疲憊，我們不得不相互交換微笑僵硬的面孔，
訕訕地擠出了幾句關於記憶的回音。在這個充斥著各式無
尾熊、袋鼠、企鵝保護區的國度，海浪岩留下了我獨獨
依戀著的──草原上無須保護，卻能供養自己任人宰割
的牛群。

　　當飛機收起輾壓的前路高速飛行的時候，我的行囊裡
除了早已翻遍的村上長頁，沒有其他的東西。影子為了保留
心的碎片選擇終生的流亡，而即將失去心的我卻留在世界末
日裡，試圖藉著模糊的殘夢追尋冷酷異境中曾有的那個總會

消亡的愛。還要多久啊？是的，還要多久我的旅途才會結束？能在原以為是末日的故鄉重臨異境的煎熬。

井

　　總是在極渴的時候看見那口井，青綠的井緣懸露著一條麻繩，木桶在井口內側掛著，四周的土地有剛被水潤澤過的濕意，即使天空是熾熱的艷陽，這裡還是有著涼涼甜甜的味道。她靠近它，聽見木桶入水在搖擺中盛滿自己的咕嚕聲，卻始終沒能真正將它汲起。那是她在離家的十九歲以後常做的夢。

　　確實有這口井，在很模糊的童年偶爾停留的祖母三合院門口，由五戶人家共用。井旁有兩棵老龍眼樹，遮陽效果並不好，印象中只有清晨和黃昏井邊才會聚著洗衣洗米的婦女和光著身子沖涼的小孩。南台灣慵懶沉緩的味道，只有在這口井邊才變得生氣勃勃，那個時候，她還未真正進入都市的中心，卻隱隱覺得這個不過半小時車程的三合院，彷彿古裝劇裡的佈景，有一種把時間向後拉扯的力道，雖然是張黑白照片，卻沉靜清涼的讓人舒快。

　　那是六〇年代的高雄，市中心已有寬闊的馬路和不斷繞著圈子的公車。她的家座落在北區一個小學校園裡的日式教師宿舍。校門外有許多眷村和一條通往市中心區的熱鬧大

街，以及常被列入觀光景點的蓮池塘和龍虎塔。不過這一切對當時的她來說都很陌生，在十二歲以前，她甚少獨自跨過學校圍牆，去見識她同學們習以為常的市場和街弄，頂多和姊姊妹妹一行五人共同騎坐在父親的機車上去喝喜酒，或者跟隨著叔叔堂妹到馬路的另一邊看場電影。她所居住的這個地方，離三合院和市中心有相似的距離，所以校園裡的芒果樹林、大王椰子環繞的操場，決定了她對她的童年以及六〇年代的整個印象。

　　日式建築保留了小小的院子、玄關和木質地板。黃昏時她總要和姊姊一起撿拾乾枯枝葉回家生火燒洗澡水，母親一邊在廚房的瓦斯爐上炒菜，一邊偷空奔進浴室幫她們洗澡。早上升旗典禮的集合音樂響起，她才匆忙從十步之遙的家門溜進教室。清晨每每有賣醬菜的小販、黃昏時還有一月兩次的賣人蔘的老伯，在生命難得清涼的空氣裡，帶給她一聲鈴、一盞酒精燈，用短小鋒利的刀沈緩地切出一片又一片的紅蔘。假日也有賣豆花、叭卜和臭豆腐的闖入，那時，她總會拿著一塊錢捧著碗和一群同年齡的小孩擠探著鐵桶裡的

東西，她尤其著迷於糖漿淋在黃白色豆花上那種黏稠剔透的感覺。那時節，她的課業成績不佳，卻沒有任何創傷需要填補，她荒廢老師指定的功課，照章行事地和姊妹們學繪畫、鋼琴和刺繡，然後全力在大家午休的時候爬上屋頂摘芒果、到草叢裡抓蜻蜓、灌蟋蟀。

但其實她的家並不比三合院來的新，颱風天到處水桶的地板以及門前被雨水匯積成的小水流，把她折出的紙船撐渡、擱淺而沉沒在這個風雨如晦的室內。她從不想像圍牆外的世界，卻不得不一年兩次的回到三合院，和那些陌生客氣的親戚在大廳裡燒著祭祖的紙錢。三合院右側狹小陰暗的廂房銜接著伸手不見五指的廚房，印象中她從未見過任何人使用它，但是她每每因不敢到井邊洗手而到廚房的水缸舀水時，總有一兩雙用過的碗筷散置在灶邊，透露著些許生活的氣味。

她從不知水缸裡的水是如何從井裡取出的。在她一年兩次來此的短暫停留中，沒有任何人碰巧或願意為她到井裡打一桶水。那時節的井口並沒有加蓋，她見到的總是袒身露

體的鄰舍小孩不停止的惡戲。他們趴在井沿朝著井口大叫時所環列成的一個一個不見了頭的軀體，以及不斷從井裡召喚出什麼的詭異回聲，讓她每一次都恐懼好奇地緊握門板無法動彈。三合院井口所通往的地方，井水所關連的水缸、廂房，以及成鬼成仙的祖輩，完全不同於她自家開關自如的水龍頭，以及校園操場底下傳說中的無主石棺。井面波光鱗峋地映照出日輪轉換的身影，凝聚積累著錯綜的血脈，它把一切吞入無窮晦暗的深處，因此必須有一雙靈巧的手才能汲出一些些過往的香甜和寒冷。

　　三合院的故事最先浮出井面的是她的祖母王氏。王氏出生的時候她眼前所見的所有親族都尚未能夠參與親睹，因此她根據父母餐桌上斷裂簡陋的的答問，拼湊出大致的輪廓。王氏有兩個姊姊，年齡差距頗大，想必是為了要有一個兒子承繼香火才在二女兒十歲的時候又生下王氏。王氏出生後不久，大姊遠嫁屏東，二姐卻不幸夭折，曾祖父母聽聞算命的說此女命硬應送人養育，於是王氏便給了別人當養女。不過兩年，養父母相繼亡故，王氏只得再度歸家，也許過了

七八年，親生父母也跟著亡故，這孑然一身的孤女便承繼了唯一的產業三合院，在親族接濟下長成。

　　賣雜貨糖果執守著三合院的祖母，因其誕生所開啟的死亡，卻成了她家族史的起點。直到多年以後，那個令她措手不及的一九八三年秋天，她才真正有一些些明瞭死亡對於她家族的意義。相對於豐腴叨絮的祖母，她沉默瘦削的祖父，就像是一張被隨手插在信箱上的廣告傳單，暫時阻斷了這個被死亡籠罩的家族宿命。

　　那是每年農曆六月十五的元帥爺生日和除夕祭祖的大日子，三合院裡擠滿了祖母的親族，大廳的神桌上，王氏列祖列宗的牌位早已被請出箱櫃，祖母領頭主導著一切儀式的進行，而做為觀念上一家之主的祖父則和供桌上另一個被遮放於一角的列祖列宗一樣，在離家百尺之外的廟口老榕下，與一群羅漢腳閒坐抽煙。當三合院香煙裊裊，雞鴨魚肉豐筵著祖母油亮的黑色髮髻以及叔叔堂妹們的姓氏時，身為長子的父親總會牽著她的手，緩緩地走過巷弄，來到遠遠避開了自己的兒孫，於羅漢腳殺聲震天的棋局旁，像個淡薄無罣礙

的神佛靜靜凝視著綺麗宏偉廟簷的祖父身邊。那廟簷上藍綠紅色的龍形麒麟獅子白鶴正是出自祖父之手，與氤氳繚繞的香火，為她的家族另闢了一條歸鄉的路。

於是，她開始汲汲採錄親族話語的片段並揉合想像，找到了五十年前祖居的台南，那個家業隆盛卻有著八房妻妾的的書香門第。十二歲的祖父，披麻帶孝跪坐於隊伍的末端，漠然地盯視著黑色棺木落入黃土。這孑然一身的孤兒，不待各房妻妾的驅趕，便一夕斷絕了他出入有僕佣的公子生涯，自此封填了每一口身世之井，用四散奔流的河水給養自己的生命。

毫無疑問地，祖父與祖母的相遇應該有著最為精心動魄的場景。緊緊抓握著家族記憶的三合院裡的祖母，與隨著木工師父在各地雕刻廟宇的祖父，是在怎樣的一刻，闖入接納了彼此的生命？兩個姓氏經由一口共飲的井水，重新接上彼此記憶中斷絕的血脈，同時，也經由一口井，這孤絕與死亡的身世，遂不斷相互干擾著彼此生命的流向。

關於她誕生與童年的六〇年代，她寡言的父親偶爾會

為了告誡子女而談起他的童年：貧困生活、承擔家計的重負，以及始終不受自己母親喜愛的姓氏。父親所描述的他的父親，是一位在兒女成群後便收起高超手藝的工匠，三合院穩固的基座和磚瓦封隔了流離顛簸的創作生命，像一個被迫留駐的異鄉人，在與妻子數十年不相聞問的屋簷下，他不事生產的父親徹底拋除一切，遁入虛無。她想起祖父日日蹲坐廟前，不知是憧憬還是追想的凝望，人來人往，竟沒有一人真正懂得他棄絕的意志，是如何交雜主導著兩個家族的命運。於是，她不得不停下筆，把祖父獨自放在現實的畫面中，細細端視這個總在大家沒有課的下午、暑假及特殊的節日貼近她生活的老者；這個每每攜來短小的木頭，或帶著她在操場的大王椰子樹下摘取葉梗，撿拾家中丟棄的鋁罐，為她雕木偶、做陀螺，用一個又一個草葉編成燈籠的親人。以及這個總是在夏夜飯後院子裡的藤椅上，就著月光搖著蒲扇，閒閒地渡過幾個小時便離去的過客。她的生命有著他的味道，在停止了流浪之後，仍然孤獨的氣味，為她往後的異鄉歲月，薰染著淡淡幽香。

　　七○年代，她的家遷出了校園，真正完全地進入了都市的中心。連接三合院與元帥廟的那口井隱入生活的脈搏，被雜亂擁擠的公車、林立的百貨公司和各式花火節慶淹沒、沉寂而枯竭。可隨意開關的水龍頭，從四通八達的水管經過幫浦永不靜止地傳送文明的消毒氣味。毫無滋味又忽冷忽熱的水，從無端之處而來又憑空而去，不斷瀝除著她的情感記憶，終於只剩沒有刻度的時間和各式排名及標準答案裡填塞的名字。

　　她的姓氏在八○年代的北方都會，不過是一個再平淡不過的記號。宗親會的獎學金從沒帶來絲毫溫情的悸動。那些關於死亡與孤獨的家族傳奇、廟會祭祖的裊裊香煙，在天際凝聚飄散，成春風冬雨飄灑在她的身上，但是，她穿上雨衣打著傘，低頭旋開一個又一個公寓大廈裡的水龍頭，清洗一切，避開了凝望天空的可能。也就是在這個無知覺的年代，如常開始將她推入循環無解的夢境。一口陌生的井，和木桶墜落搖晃的水聲，一個不斷探身其中的女孩，卻汲不起一滴甘冽之泉，潤濕她焦渴的身軀。

　　然後，祖母就突然走了。一九八三年，她重回陰暗陳舊的三合院。叔叔匍匐領祭，一屋嚎啕，棺槨裡乾瘦的祖母和廳堂、供桌、床褥、水缸及祖母即將加入的刻有王氏列祖的牌位一樣變的晦澀渺小。當塵封的記憶蜂擁而出，將她迫促於門外，那口已經被水泥重鑄又填平的井旁，她沉默的祖父正站在那裡，帶著她不可解的深情凝視著井邊早已不結龍眼的果樹。

　　由祖母誕生而開啟的死亡，再度依隨著祖母的死亡而浮現。祖父回到從來不屬於他的三合院認真地修補破舊的磚瓦、崩壞的土牆，年輕時自豪的工藝不協調地突然出現在簷邊廊前。然而，這令人驚鴻一瞥的創造力，隨即隱沒於不再出湧的荒井與破裂的水缸中。沒有愛恨留走，認真守護三合院的祖父，終究不敵都市重劃的腳步，與三合院的一角同為施工不慎的怪手撞擊而逝。她祖父的血流在三合院的土地上，像必然要褪色的紅瓦，浸入家族那悠長悠長不再被汲取的血脈傳說裡。

　　當她的父親依囑捧著祖父的牌位，在隊伍的最前面，

領著少少的親族走向與她的祖母永不相見的另一個新的墳塋時，三合院便圓畫了一個故事的終點。直到多年以後，她送走了父親，再度沿著家族的墳塋來到三合院，這置身於一棟又一棟透天厝和巷道轎車中的建築，已經為塵土抹上了全然灰黃的色調。黝黑廳堂上的樑木風化成絮，如楊花散滿危而不傾的院落。晚風中，幾隻歸雁鳴翅而過，廟前廣場的鑼鼓聲隱約不絕，不遠處，一個少年正熟練地雕刻著手中的木頭，而不斷撥弄著麻花辮子的少女倚在龍眼樹邊，井水汩汩地濕潤了他們足下的土地。夜色降臨時，少年完成了他的第一個創作，他把它送給她，上面是一個綁著麻花辮燦笑迎人的女孩的臉。

後記

神燈啊！神燈！請讓我做我能做的事。

神燈說：這不是我能做的事情。

那神燈啊！請你以無邊的法力，讓我做我想做的事情。

神燈嘆了口氣說：那你幹嘛找我來。

這樣好了，神燈，請你讓我甚麼事都不用做。

神燈就死掉了。

全文完

語言文學類　PG2227　秀文學43

獨語術

作　　　者／許琇禎
責任編輯／林昕平
圖文排版／林宛榆
封面設計／王嵩賀

發 行 人／宋政坤
法律顧問／毛國樑　律師
出版發行／秀威資訊科技股份有限公司
　　　　　114台北市內湖區瑞光路76巷65號1樓
　　　　　電話：+886-2-2796-3638　傳真：+886-2-2796-1377
　　　　　http://www.showwe.com.tw
劃撥帳號／19563868　戶名：秀威資訊科技股份有限公司
　　　　　讀者服務信箱：service@showwe.com.tw
展售門市／國家書店（松江門市）
　　　　　104台北市中山區松江路209號1樓
　　　　　電話：+886-2-2518-0207　傳真：+886-2-2518-0778
網路訂購／秀威網路書店：https://store.showwe.tw
　　　　　國家網路書店：https://www.govbooks.com.tw

2021年1月　BOD一版
定價：200元
版權所有　翻印必究
本書如有缺頁、破損或裝訂錯誤，請寄回更換

國家圖書館出版品預行編目

獨語術 / 許琇禎著. -- 一版. -- 臺北市 : 秀威
　資訊科技股份有限公司, 2021.01
　　面 ;　公分. -- (語言文學類 ; PG2227) (秀
　文學 ; 43)
　BOD版
　ISBN 978-986-326-880-2(平裝)

863.55　　　　　　　　　　109020433

讀者回函卡

感謝您購買本書，為提升服務品質，請填妥以下資料，將讀者回函卡直接寄回或傳真本公司，收到您的寶貴意見後，我們會收藏記錄及檢討，謝謝！如您需要了解本公司最新出版書目、購書優惠或企劃活動，歡迎您上網查詢或下載相關資料：http:// www.showwe.com.tw

您購買的書名：＿＿＿＿＿＿＿＿＿＿＿＿＿＿＿＿＿＿＿＿＿＿＿＿＿

出生日期：＿＿＿＿＿年＿＿＿＿＿月＿＿＿＿＿日

學歷：□高中 (含) 以下　　□大專　　□研究所 (含) 以上

職業：□製造業　□金融業　□資訊業　□軍警　□傳播業　□自由業

　　　□服務業　□公務員　□教職　　□學生　□家管　　□其它＿＿＿

購書地點：□網路書店　□實體書店　□書展　□郵購　□贈閱　□其他

您從何得知本書的消息？

　　□網路書店　□實體書店　□網路搜尋　□電子報　□書訊　□雜誌

　　□傳播媒體　□親友推薦　□網站推薦　□部落格　□其他＿＿＿＿＿

您對本書的評價：(請填代號　1.非常滿意　2.滿意　3.尚可　4.再改進)

　　封面設計＿＿＿　版面編排＿＿＿　內容＿＿＿　文／譯筆＿＿＿　價格＿＿＿

讀完書後您覺得：

　　□很有收穫　□有收穫　□收穫不多　□沒收穫

對我們的建議：＿＿＿＿＿＿＿＿＿＿＿＿＿＿＿＿＿＿＿＿＿＿＿＿＿

＿＿＿＿＿＿＿＿＿＿＿＿＿＿＿＿＿＿＿＿＿＿＿＿＿＿＿＿＿＿＿＿＿

＿＿＿＿＿＿＿＿＿＿＿＿＿＿＿＿＿＿＿＿＿＿＿＿＿＿＿＿＿＿＿＿＿

＿＿＿＿＿＿＿＿＿＿＿＿＿＿＿＿＿＿＿＿＿＿＿＿＿＿＿＿＿＿＿＿＿

11466
台北市內湖區瑞光路 76 巷 65 號 1 樓

秀威資訊科技股份有限公司　　　收

BOD 數位出版事業部

....

（請沿線對折寄回，謝謝！）

姓　　名：＿＿＿＿＿＿＿＿＿　　年齡：＿＿＿＿　　性別：□女　□男

郵遞區號：□□□□□

地　　址：＿＿＿＿＿＿＿＿＿＿＿＿＿＿＿＿＿＿＿＿＿＿＿

聯絡電話：(日) ＿＿＿＿＿＿＿＿＿　(夜) ＿＿＿＿＿＿＿＿＿

E - m a i l：＿＿＿＿＿＿＿＿＿＿＿＿＿＿＿＿＿＿＿＿＿